Tremblements des mots

Jacques Couture

ISBN-13 978-1502570727

ISBN-10 1502570726

© Jacques Couture 2014
© Les éditions du Péricarde 2014

Montréal (Québec) CANADA
www.jacquescouture.net

À Joseph.

Du même auteur

Roséfine la Cristalline, opéra rock, (en collaboration avec Denis Bachand), éd. COSMOS, Sherbrooke, Québec, Canada, 1973.

Une Buick pour Mackenzie, récit de voyage, éd. des Plaines, Winnipeg, Manitoba, Canada, 2009.

AmoRomA, un roma(n), éd. du Péricarde, Montréal, Québec, Canada, 2011.

Golaud, le somnambule, conte pour enfants, éditions électroniques eVitaNova, Montréal, 2012.

Le chat du jardin, roman, éd. du Péricarde, Montréal, Québec, Canada, 2013.

Montréal, le 18 décembre 2014,

Cher André,

Comme je te le disais, c'est ma Mère. Et un jour, il faut faire le ménage. Débarasser ou le mot. Amour ou l'aide mot. Fatalité le dernier.

Avec toute mon amitié,
respects.

1. Karnak, le 16 septembre 2013

Cher Hadrien,

C'est aujourd'hui ton anniversaire. Je le souligne, faisant en cela exception à la règle que nous nous sommes fixés depuis de trop nombreuses années; je dois bien t'avouer que je ne sais pas pourquoi je le fais. Peut-être parce que je suis à Karnak et que ce site est le lieu de notre rencontre il y a de cela 37 années déjà. Je m'étais pourtant juré de ne plus souligner quelque date que ce soit me rappelant des moments importants de notre histoire. Or, comme entraînée par un fil invisible, me voilà encore une fois attablée dans un café très quelconque de la ville près du site archéologique où nous nous sommes connus pour le meilleur et pour le pire. Et je t'écris une lettre, comme autrefois. Comme toujours.

En cette fin de journée, ce sont surtout des hommes, tous Égyptiens, qui sont là à chercher la fraîcheur sous le large auvent de toile de cet établissement autrefois destiné aux touristes : ils implorent leur dieu soleil d'antan et lui demandent de les épargner de son ardeur, eux les condamnés à se mouvoir trop lentement à cause de la chaleur accablante. Le travail se fait rare depuis le printemps arabe et ils cherchent l'ombre en cette soirée suffocante de septembre. Ils me regardent tous, tour à tour, de façon un peu discrète, puis constatant qu'ils ont affaire à la sexagénaire que je suis devenue, ils se désintéressent de moi, d'autant plus que ma tenue leur laisse à penser que je suis ici par affaire et non pour une virée touristique. À cette heure, les rares autobus remplis d'Allemands ou de Scandinaves mieux nantis sont tous repartis vers la capitale. Je peux donc t'écrire en paix, si paix il y a. Car cet exercice, vieux de quelques lignes seulement, est en train de me faire chavirer : je ne pensais pas qu'il serait si troublant de t'écrire un simple mot de bonne fête.

Je le fais à l'ancienne, sur un papier fin, avec une belle enveloppe de couleur olive. Ce simple rituel me replace exactement là où nous étions en 1976, alors que nous nous livrions à cet exercice deux à trois fois par semaine lorsque le travail nous éloignait l'un de l'autre. Correspondre voulait dire exactement ce qu'il faut, c'est-à-dire s'accorder, être en rapport avec, être lié. Et liés nous étions. Si fort.

En regardant ma main plissée qui glisse sur le papier, ce sont surtout ces trop nombreuses plaies qui jalonnent notre relation, si on peut employer ce terme pour décrire notre lien, qui me reviennent en mémoire. Je me sens vieille tout à coup. Et comme les gens de la place, je demande au soleil qui m'alanguit et suscite en moi une espèce d'état second de ne pas me faire sombrer dans une démence passagère où les mirages auraient tendance à déformer la réalité. De toute évidence, ma prière n'a pas été entendue et les fantômes sortent de mon sarcophage intérieur. Ils ont poussé la lourde pierre que j'ai au cœur et mes souvenirs, momifiés par le temps, ont commencé à dérouler leurs bandelettes. Ce contact des réminiscences avec l'air ambiant me brûle encore.

Je ne sais pourquoi je me mets dans un tel état, mais le seul fait d'évoquer ces temps révolus de nos premières nuits d'amour ici de l'autre côté du Nil dans la Vallée des Rois me tire les larmes, que j'ai peine à retenir pour ne pas souiller le papier. Pourquoi ces souvenirs sont-ils chargés d'une émotion qui embrouille tout? Parlons d'autres choses, veux-tu?

J'imagine que tu ne savais pas que j'étais de retour ici. Toi qui as toujours été un infatigable lecteur de journaux, tu as certainement entendu parler de cette découverte récente de quelques nouvelles stèles sur le site de l'Enceinte de Mout à Karnak. Évidemment, l'Université de Cambridge ne pouvait pas ne pas s'intéresser à cette trouvaille inespérée : le département des études de l'ancienne Égypte et de la Mésopotamie m'a obligée à interrompre ma sabbatique pour me rendre tout de go sur place afin de participer au décryptage de ces pierres qui parlent, moi qu'on avait si cyniquement, humour anglais oblige, affublée du surnom de Mademoiselle Champollion. Le travail avance rondement et je devrais en avoir terminé d'ici deux à trois semaines. Le déchiffrement se fait sur place : terminé, comme tu peux l'imaginer, le temps où le British Museum s'appropriait ces trésors pour les analyser au frais dans ses voûtes à Londres; les pilleurs colonisateurs modernes ont trop longtemps dépossédé les pays pauvres de leur patrimoine culturel.

Hadrien, je me revois encore en train de faire diversion, art que j'ai trop souvent pratiqué avec toi et tes émotions. Je ne peux continuer à faire semblant d'être libérée de notre passé en parlant du travail, bien qu'il soit passionnant et gratifiant. À vrai dire, si je suis dans un tel état aujourd'hui, c'est que cet après-midi je me suis retrouvée à la gare de Louxor pour accompagner un collègue qui prenait le train pour Le Caire en vue de la rentrée à Cambridge. Et ce collègue, tu le connais trop bien. C'est avec lui que je t'avais trompé pour la première fois. J'avais la cruelle impression de revivre ton départ au même endroit à l'époque où il m'avait séduite après une semaine intensive de fouilles; l'exaltation provoquée par nos récentes découvertes à l'époque, la fièvre des premières années en tant que paléographes qui avaient accès soudainement à de vrais sites vieux de plusieurs siècles après de longues études, parfois trop sages, m'avait fait perdre la raison. En plus, nous venions de vivre toi et moi une rencontre qui tenait d'une synchronicité évidente. Tu étais, toi aussi, fraîchement émoulu de tes études en sismologie à Harvard; on s'était rapidement débarrassé de ton caractère hyperactif en t'envoyant capter les ondes potentiellement dévastatrices de la Haute-Égypte et de leurs éventuelles répercussions sur les sites archéologiques. Tu devais cartographier ce qui était enfoui bien plus profondément que les tombeaux des rois. Tu te souviens, j'en suis sûre, qu'au moment de nos présentations par nos directeurs de recherche respectifs, une secousse de faible amplitude, à peine perceptible, avait fait trembler notre raison alors que nous nous serrions la main pour la toute première fois. Évidemment, ce fut le coup de foudre. Et la semaine qui s'ensuivit avait vu nos corps soudés vivre de nombreuses répliques de ce tremblement. Tu étais si beau, si plein d'humour, si passionné par tout ce qui t'intéressait, si délicat dans tes gestes. Nos journées de travail étaient trop longues en regard de l'aimantation de nos corps qui ne supportaient plus l'éloignement. Nous faisions l'amour trois à quatre fois par nuit. Nous avons souvent ressassé ce hasard improbable au cours des quatre dernières décennies lors de nos rencontres et nous lui avons toujours accordé l'importance qui lui revenait : nos destinées semblaient faites pour se croiser et nous avions dès lors l'impression que nous serions toujours ensemble d'une manière ou d'une autre pour le reste de nos jours. Or toute la dualité qui peut parfois émaner de mon tempérament a ébranlé cette forteresse aux premières heures de notre relation. Je n'étais pas tout à fait en confiance envers ce que d'aucuns nomment le destin. J'avais peur de ce mot. J'avais peur d'être emmurée trop tôt dans un carcan sans avoir pu vivre autre chose pour valider mon choix. Sans le savoir clairement, je voulais voir ailleurs. J'avais donc succombé aux charmes tout british de Henry lors d'une fouille nocturne vers la fin de cette semaine-là. Et j'avais eu le culot de m'en confesser à toi. Ce qui t'avait dévasté. Comment aurais-je pu savoir que ce grand écart pendant les balbutiements d'un amour naissant allait tout faire chavirer? Comment aurais-je pu savoir qu'un homme peut être aussi romantique… et si fragile par le fait même. Si en colère aussi. Dès le lendemain, j'avais dû te supplier de me laisser t'accompagner à la gare de Louxor pour un départ précipité vers Montréal. Évidemment, il ne s'est plus jamais rien passé par la suite entre Henry et moi, bien qu'il m'ait toujours fait un peu de plat. Mais depuis ce jour, j'ai l'impression d'avoir vécu trop tôt les affres des relations amoureuses, les tourments des amours déchues. Je me suis sentie marquée au fer blanc par la complexité des liens entre les personnes, ses paradoxes parfois déchirants, ses blessures qui stigmatisent. Comme si mon innocence à l'égard de la profondeur des sentiments venait d'attraper un rhume chronique. J'en éprouve encore aujourd'hui de la culpabilité. Je sais, je sais, c'était l'époque. Nous étions tous un peu hippies, un tantinet communautaires, et moi un peu féministe. L'amour libre était un credo pour plusieurs d'entre nous. Mais l'amour, lui, n'aime pas être secoué, quoi qu'on en dise.

Il est clair pour moi, très cher Hadrien, qu'à la lumière de toutes ces années de célébration de notre relation (comment, finalement, appeler ça autrement?), il y a toujours entre nous ces tremblements que je ressens. Nos voyages amicaux en Toscane, nos visites exaltées de jardins en Andalousie ou ailleurs, notre affection si particulière pour Bali alors que nous avions tenté il y a 20 ans de réparer ce qui semblait encore être irréparable, nos rencontres fortuites à New York, Boston ou Paris : tout cela semble parler de quelque chose d'innommable et de durable entre nous, et ce malgré toutes les maladresses qui ont trop souvent ponctué nos rendez-vous.

Si je t'ai fait perdre la foi en l'amour, je voudrais en ce jour de ton 65e anniversaire t'en demander sincèrement pardon.

En terminant cette lettre, je ne peux pas dire que je t'aime : nous nous l'interdisons encore tous les deux! Mais je te prends dans mes bras une autre fois pour sentir ton cœur battre tout près du mien.

Très très cordialement,

Raphaëlle.

2. Erbil, le 30 septembre 2013

Très chère Raphaëlle,

Je ne sais jamais comment accueillir une de tes lettres. Chaque semaine, je reçois un colis transporté par FEDEX qui contient mon courrier; il m'est envoyé depuis mon condo de Montréal par mon voisin et ami Michel lorsque je suis en mission. À chaque fois que j'ouvre cette petite boîte, je me répète que je ne voudrais pas qu'elle soit celle de Pandore : j'ai peur qu'en écartant les pans du carton, tous les maux du côté obscur de notre relation ne se répandent sur un autre continent. Ce serait mentir si je te disais qu'entre les couleurs un peu criardes de la société de courrier américaine, je n'y voyais pas chaque fois ton si beau visage qui m'apparaît entre le bleu et l'orange de leur logo efficace, et ce même s'il n'y a pas d'enveloppe couleur olive avec ta calligraphie si charmante à l'intérieur de la livrée hebdomadaire.

Tout ça parce que je suis toujours seul lorsque je suis à l'étranger, que tous mes repères ne sont plus là pour me distraire. Alors, fatalement, sans savoir comment le processus opère, tu es là. Même sans lettre, tu remplis l'espace et, parfois, tu l'encombres. Je te traîne avec moi un jour ou deux partout où je promène ma carcasse d'os tandis que je sonde les profondeurs de la terre à la recherche de quelques failles ou de quelques plaques tectoniques qui se frottent les unes contre les autres... Un peu instable comme situation, on en conviendra.

    Mais voilà, cette semaine, il y a une enveloppe de couleur olive. Et comme chaque fois où ça se produit, je fige. Toujours la même ambivalence. Un baume, mais un baume sur une plaie. Le rappel de moments de grâce, d'exaltation, d'amour pur, et le goût amer d'une grande souffrance en moi. Ce simple pli de papier dans lequel reposent quelques feuillets, et entre les lignes desquelles sont parfaitement alignés les replis de nos appréhensions les plus secrètes, est si léger et si lourd à la fois. Par crainte de malaises, je dépose immanquablement l'objet précieux sur ma table de nuit, là où il y a toujours des fleurs coupées; au moins deux jours sont nécessaires avant que j'aie le courage de décacheter. Je sors le matin pour aller sur le terrain déposer quelques sismographes sur quelques nappes pétrolifères enfouies et j'y jette un coup d'œil avant de fermer la porte; je reviens le soir et en prenant l'apéro dans la cour intérieure de l'hôtel, à l'ombre d'un figuier, j'y dirige un autre regard. Avant d'aller au lit, je la prends cette lettre, la soupèse, puis la remets sous les fleurs pour la nuit. On dirait que j'attends un rêve qui me dira « Tu peux maintenant. » Parce que tu peuples aussi mes nuits. Si l'insomnie vient, j'ouvre la Centaine d'amour de Pablo Neruda et au hasard y lis un des cent sonnets écrits à sa Mathilde bien aimée :

L'amour venait avec sa traîne de douleurs

Avec son immobile et long rayon d'épines

Et nous avons fermé les yeux pour que plus rien

Pour que pas une blessure ne nous sépare

Ces larmes ne sont pas la faute de tes yeux

Cette épée ne fut pas enfoncée par tes mains

Ce chemin-là, tes pieds ne le cherchèrent pas

La coulée de miel noir est entrée dans ton cœur

Lorsque l'amour semblable à une immense vague

Nous a brisés tous deux contre la pierre dure

Et qu'il nous a pétris ainsi qu'un seul froment

La douleur tomba sur un autre doux visage

Ainsi que la clarté dans la saison ouverte

C'est un printemps blessé qui s'est vu consacré

(Sonnet # 61)

*   *   *

Deux jours plus tard.

Je reprends la plume.

Aujourd'hui, dure journée sur le terrain à cause de la chaleur accablante et des vigiles qui surveillent sans relâche les environs de la nouvelle raffinerie à Khabat à 40 km à l'ouest de la ville. J'étais en mission avec mon chauffeur pour y faire des relevés sismologiques sur l'immense nappe de pétrole qui dort au fond de la vallée ici à l'ouest des montagnes qui s'étendent jusqu'en Iran du côté du levant. C'est une zone d'intense activité sismique, et les multinationales américaines ou européennes veulent s'assurer que les infrastructures sont à l'abri des tremblements de terre dévastateurs qui secouent la région régulièrement, semant la mort et la désolation. C'est aussi une zone de grande prospérité pour les Kurdes qui sont largement majoritaires ici dans la région. L'importante réserve de pétrole de leur sous-sol est en effet une source de revenus pour ce pays qui a connu ce qui est aujourd'hui nommé, et à juste titre, le génocide kurde. Il y a une autre raffinerie, très grosse celle-là, à Kirkouk, la grande ville voisine au sud; toutes les installations de la région sont exploitées en partenariat entre le Gouvernement régional du Kurdistan et des grosses sociétés pétrolières occidentales; cette portion du territoire constitue une sorte de pays dans le pays, un compromis conclu ici en Irak pour apaiser les tensions au nord et une sorte de cadeau pour se faire pardonner l'Anfal, cette nouvelle solution finale comme la nommait si cyniquement Ali le chimique, le cousin de Saddam Hussein en 1988. Les huit attaques au gaz chimique ordonnées par Ali Hassan Al-Majid, et les autres bombardements ou pillages conduits par l'armée irakienne ont fait plus de 182 000 victimes civiles, ont rayé de la carte 2 000 villages, soit 90 % des bourgs de la région. Pour s'assurer du résultat de sa campagne, il a aussi mis en pièces toutes les écoles et les hôpitaux. 200 000 soldats irakiens avaient été affectés à cette poussée génocidaire au cours de laquelle ils ont eu recours à des offensives terrestres, des bombardements aériens, des destructions systématiques de zones d'habitation, des déportations massives et même la mise en place de camps de concentration ! Du travail bien fait.

J'ai la fâcheuse manie d'écrire mon journal comme tu le sais, et chaque jour où la folie meurtrière des humains se déchaîne, je dessine un petit encadré dans le coin droit de mon calepin et y note quelques statistiques. Cela constitue mon devoir de mémoire à moi, ou, moins vénérable, il s'agit peut-être là de l'expression de ce petit côté compulsif du sismologue qui m'oblige à tout noter en graphes ou en tableaux. Bref, la page est là devant moi alors que je t'écris, et je suis toujours aussi incrédule quand mon regard se fige sur ce genre de notes. J'imagine que toi aussi tu as vu les images à l'époque ? N'as-tu pas ressenti toute la méchanceté, la violence et l'inhumanité dont sont capables les militaires en temps de guerre ? Je me souviens très clairement de l'attaque du village d'Alabja le 16 mars 1988 : ce jour-là, environ 5 000 Kurdes ont été pétrifiés sur place dans des attaques chimiques au gaz moutarde. J'étais tout près d'ici à l'époque, plus précisément dans la région de Van en Turquie. Il y avait des femmes, des enfants et même des chats étendus par terre, inertes, fauchés instantanément en plein jour par les vapeurs toxiques qui leur brûlaient les yeux et les empêchaient de respirer alors qu'ils se rendaient au marché ou vaquaient à leurs occupations.

Si je te dis tout cela, c'est que l'effet de l'arraisonnement musclé dont mon chauffeur et moi avons fait l'objet cet après-midi m'a fait remonter à la conscience ces images troublantes. Il arrive ici de temps à autre qu'une brigade kurde érige un barrage routier et effectue un contrôle... Ces petits épisodes costauds se font immanquablement à la pointe d'un AK 47 et ne me rassurent jamais : un soldat est un soldat, et il n'est pas là pour faire dans la dentelle. Ça hurle des ordres, le doigt trop près de la gâchette, et le Trouble du stress post-traumatique dû au décès jadis de deux ou trois enfants brouille souvent leur raison. Pour eux, vous êtes tous des Sunnites ou autres membres du parti Baas, et vous êtes tous venus ici pour fomenter un attentat en faisant sauter une raffinerie ou deux. Le kaki est une couleur que l'on devrait bannir de la planète.

Finalement, après échanges de papiers et de

quelques billets verts, nous avons pu rouler en paix pendant deux heures sur une portion du chemin qui longe la partie kurde de l'oléoduc, ce long serpent vénéneux qui va de Kirkout jusqu'à la Méditerranée à 790 km à l'ouest d'ici en passant par la Turquie; la bête a été créée par l'avidité énergétique de l'Europe et sa construction fut financée par toutes les magouilles imaginables entre multinationales, gouvernements locaux et quelques banques suisses ou du Liechtenstein, ou, mieux encore, celle du Vatican! J'ai donc pu effectuer les relevés de mes sismographes, et une fois rentré à l'hôtel à Erbil, je me suis encore une fois demandé pourquoi j'acceptais encore de telles collaborations à mon âge??? Ma culpabilité me dit de faire mes valises, et mon cynisme teinté de misanthropie me dit TAKE THE MONEY AND RUN.

Attablé dans la cour intérieure de ce nouvel hôtel chic et moderne, fruit d'une manne de pétrodollars, je sirote une bière belge avec pour principal décor une enveloppe olive qui m'empêche de voir cette ville, une des plus anciennes de l'histoire qui soit restée continuellement habitée. L'écriture, dont tu as fait de ta vie la principale occupation, est née tout près d'ici, et je trouve que c'est un endroit tout à fait approprié pour honorer cet envoi inattendu, mais prévisible… et désiré.

Je me convaincs que le moment est venu de l'ouvrir.

J'ouvre.

Je lis lentement.

*   *   *

À l'évidence, tes vœux d'anniversaire ont provoqué une onde de choc en moi. Ce qui a pour effet de me ramener à la mémoire le sonnet 61 de Neruda. « Cette épée ne fut pas enfoncée par tes mains » que je me dis, et je me répète que « nous avons fermé les yeux pour que plus rien, pour que pas une blessure ne nous sépare ». Voilà maintenant trois ans que nous ne nous sommes pas donné de nouvelles, et, en rupture à notre entente, tu oses me dire tous ces mots. Tu oses évoquer Karnak, lieu béni entre tous dans notre histoire. Lieu maudit de mon désenchantement. Point focal de notre claudication amoureuse. « C'est un printemps blessé qui s'est vu consacré ». J'ai beau ouvrir au hasard mon unique livre de chevet, il défie le temps et la raison pour me ramener à toi, comme si ce que je lisais avait été écrit pour évoquer notre relation. Trois années se sont ajoutées à tous nos hiatus sans que pourtant la pratique du silence et l'endurcissement du muscle cardiaque ne viennent à bout de nos mains tendues. Nous avons tout tenté pour fortifier nos fragilités et survivre honorablement.

Je regrette de ne pas t'avoir dit combien chacune de tes aventures m'avait profondément troublé. Combien fragile était à mes yeux le sol sur lequel notre relation était construite. Après Karnak, nous nous sommes aimés tant de fois, mais jamais nous n'avons pu nous faire totalement confiance. Nous étions de retour à Montréal après nos études respectives pour quelques années, mais il n'était pas question de vivre sous le même toit, car nous éprouvions une méfiance réciproque envers ces espaces troubles où nos comportements pouvaient nous ramener. Aussitôt que je partais en mission, je trouvais à mon retour des traces du passage d'un de tes amants; en te torturant pour en savoir davantage, c'est moi-même que je blessais. J'apprenais qu'il y avait eu, dans notre cercle d'amis, cet artiste gabonais, puis ce militaire défroqué qui t'avait probablement attiré par sa prestance de majordome impeccable, lui qui avait été valet de pied de très hauts gradés. Ou encore cet historien ronflant qui à force de recherches s'était perdu complètement dans l'univers de Bonaparte au point de nous rabâcher sans cesse les oreilles avec les mêmes anecdotes salaces. Et que dire de ce peintre devenu plus tard un disciple moderne de Jésus. Je ne comprenais vraiment pas. Encore moins quand tu avais succombé aux charmes d'un portier de bar, colosse aux pieds d'argile fraîchement sorti de prison pour homicide involontaire, ou du bellâtre trafiquant de substances illicites. J'essayais de comprendre quelles étaient les motivations derrière cette recherche effrénée de la jouissance qui te dévorait. Je n'étais pas outillé à l'époque, du point de vue psychologique, pour comprendre les raisons qui te poussaient immanquablement à vouloir séduire, et pas du tout préparé, du point de vue des émotions, à panser mes blessures d'amour-propre. Alors je trouvais des baumes de passage dans les bras d'une sculpteure aux mains si apaisantes, ou encore dans le sillage d'une danseuse exubérante et flamboyante. Mais j'avais la tête ailleurs. Je rôdais devant ton appartement le soir pour m'apercevoir qu'un quelconque artisan du cuir avait déposé sa selle à la porte de ta chambre. S'ensuivirent des années d'errances amoureuses, de passades, de liaisons d'éclopé qui ne firent qu'accentuer davantage l'envie de te reconquérir.

Il y avait toujours ce manque. Tu avais été la première femme à m'avoir véritablement et littéralement touché à ce point, moi qui ne pouvais me rabattre sur la mémoire de gestes de rapprochement physique entre ma mère et moi. Elle ne savait pas. On ne lui avait pas appris. Elle n'a pu transmettre. Quant à toi, aussitôt que je m'approchais de toi, tu basculais dans un autre monde, tes yeux semblaient se tourner vers l'en dedans, vers le lieu de la jouissance à venir aussitôt que commençaient les préliminaires, d'abord par la conversation, puis par les vagues et maladroits touchers des mains. Tu avais cette capacité d'abandon qui m'attirait comme un maelstrom. Je me sentais enfin un amant, puissant et définitivement sorti de la gaucherie de son adolescence, une époque teintée de judéo-christianisme où la culpabilité envers les questions charnelles étaient omniprésentes. Dans mes bras, tu tombais dans l'amour comme sous l'effet d'une puissante drogue : tu devenais une femme fiévreusement sexuée, une amante merveilleuse. Avec toi, à Karnak, j'ai connu pour la première fois l'univers enivrant de l'abandon amoureux sans réserve. Et son inverse. Quand ce privilège de l'ultime intimité me fut retiré, quand j'imaginais un autre homme dans ta couche, je devenais malade de jalousie. J'imagine que, comme le nomme si finement Neruda, « Ce chemin-là, tes pieds ne le cherchèrent pas ». C'est ce que tu étais. Ce que tu es. Peut-être étais-je un bien piètre amant. Et ta beauté si grande attirait les hommes qui tombaient sous ton charme au premier regard; j'imagine que tu avais besoin de ces confirmations de ta désirabilité pour des raisons qui m'échappaient. Après chaque confirmation d'une aventure, j'errais des jours durant.

Cette errance dure encore aujourd'hui. « Nos voyages amicaux en Toscane, nos visites exaltées de jardins en Andalousie ou ailleurs, notre affection si particulière pour Bali alors que nous avions tenté il y a 20 ans de réparer ce qui semblait encore être l'irréparable, nos rencontres fortuites ou planifiées à New York, Boston ou Paris : tout cela semble parler de quelque chose d'innommable et de durable entre nous », comme tu le dis si bien dans ta lettre. Une errance inextricablement couplée à une forme morbide de fidélité. Je n'ai jamais osé te dire tout cela. Il aura fallu attendre de nous voir aux portes de la vieillesse pour enfin te le révéler.

*   *   *

Le lendemain.

J'ai dû interrompre la rédaction de cette lettre : j'étais incapable de me rebrancher sur ce qu'il reste de nous. Comme je le fais si souvent lorsque ces vagues de spleen me gagnent, je suis allé étourdir mon corps et mon esprit en marchant sans but. La Citadelle d'Erbil, qui est la plus ancienne citadelle dans le monde, a de quoi distraire le plus solitaire des touristes avec ses rues sinueuses et ses étals de toutes sortes.

L'architecture aussi accroche l'œil avec ses mosaïques restaurées depuis 2006, année où les autorités locales ont vidé l'endroit de ses habitants qui ont été relogés dans d'autres quartiers de la ville. Avec l'aide de l'UNESCO, le gouvernement local avec ses pétrodollars a entrepris de restaurer l'ensemble de la citadelle en favorisant l'implantation d'hôtels, de restaurants, de musées et de galeries. Mais le contentieux non réglé avec l'Irak sur la question stratégique de l'exploitation des réserves d'hydrocarbures, considérées comme les quatrièmes plus importantes du monde, est loin d'être réglé. Les réserves sont officiellement situées en sol irakien, mais sont revendiquées par le Kurdistan qui estime que depuis le renversement de Saddam Hussein en 2003, il a le droit d'exploiter lui-même ces réserves.

Tu aimerais ce lieu très particulier, sorte de vaste monticule couvrant plus de 10 hectares, sorti tout droit des contes arabes. Depuis plus de 8 000 ans, diverses civilisations se sont succédé ici : sassanides et abbassides, sumériennes, babyloniennes, assyriennes, grecques et musulmanes, sans oublier que ce fut aussi un centre important pour le christianisme. Beau melting pot, n'est-ce pas ? Avec sa forme ronde et son élévation de plus de 30 mètres, la citadelle domine toute la ville. Or c'est un promontoire artificiel dont le dénivelé est l'œuvre du temps : il est constitué de l'accumulation de vestiges des cultures passées qui ont rebâti le lieu en s'élevant les unes sur les autres. Dois-je y voir une métaphore de notre relation ? Je me demande si le monticule se verra hausser de quelques dizaines de mètres d'ici 20 ans. Le passé nous laisse à croire que oui... Et nous deux, aurons-nous une autre couche à ajouter aux nombreuses strates de notre histoire ?

Je sais que je ne t'apprendrai rien sur l'époque sumérienne, toi qui as fait de nombreux séjours à quelques centaines de kilomètres d'ici au sud dans l'ancienne Mésopotamie, là même où l'écriture cunéiforme, la plus ancienne forme d'écriture, serait née. Mais je peux te titiller en te disant que le Musée kurde du textile est également situé entre les murs de la Citadelle : ton intérêt pour les tapis faits main y trouverait son compte. Moi, ils semblent me raconter des sagas familiales, me parlent de retrouvailles générationnelles autour d'un thé, ou encore appellent une sieste au cours de laquelle ils s'envoleraient vers d'autres dimensions. Le charmant bâtiment historique dans lequel il est logé vaut aussi le détour. Suis-je en voie de planifier un autre de nos voyages en jouant au guide touristique???

Je suis finalement descendu de la citadelle pour déambuler dans le nouveau parc aménagé au centre-ville. On peut y voir là la réinterprétation moderne de l'ancien Souk de la Citadelle avec ses cafés et boutiques, son enfilade de hautes arcades face aux impressionnantes fontaines qui crachent une eau rafraîchissante dans la vaste place centrale.

Assis à l'un de ces cafés, je termine cette lettre probablement trop bavarde en me disant que fou de toi comme je suis, ou fou tout court, je suis à Erbil pour engranger des dollars en vue de l'achat prochain de notre éventuel lieu de retraite commun. Ça peut sembler un peu timbré, mais c'est comme ça. Et si je m'attarde un peu trop, ce serait simplement pour continuer à te parler : nos conversations me manquent terriblement.

Le jour tombe lentement sur cette ville chargée d'histoire, effet miroir de notre lien. Je vais sceller cette lettre sans trop savoir à quel moment je me sentirai la force de la poster. De ton côté, si tu oses me répondre, envoie le tout à Montréal où je serai vraisemblablement de retour.

Très affectueusement,

Ton Hadrien.

3. Karnak, le 15 octobre 2013

Très cher Hadrien,

Je suis toujours à Karnak. Une autre portion de stèle a été extraite du lieu de nos plus récentes fouilles il y a 10 jours seulement; elle semble être reliée à la dernière sur laquelle nous travaillons depuis quelques semaines. Les travaux ont donc été prolongés d'une dizaine de jours.

Comme j'aurais aimé faire un détour vers Erbil avant de regagner l'appartement rue Riverside à Cambridge. Il me semble que nous aurions pu passer du bon temps ensemble. Cette région signifie tellement pour moi, et de m'y retrouver avec toi aurait été une bénédiction. Ta lettre m'a remuée, profondément remuée. D'abord parce que j'y retrouve le même Hadrien que je connais si bien depuis des millénaires avec son intelligence, sa délicatesse, son humour, tout ce qui m'avait séduite ici il y a une quarantaine d'années quoi. Bien sûr, j'ai été troublée de voir que ma vie de femme « libre » t'avait à ce point blessé : j'ai toujours pensé que l'esprit de l'époque avait jeté du lest sur ce genre de sentiment alors que toi aussi tu as connu de nombreuses femmes. Je croyais qu'il y avait entente tacite entre nous : tu vis ta vie, je vis la mienne, on ne se pose pas de question. C'est pourquoi je ne me lancerai pas dans le rappel de toutes ces rivales qui m'ont remises en question moi aussi, sois-en assuré, et ce malgré le fait que tu te sois laissé aller à l'égrenage des amants qui ont fait partie de ma vie. Je ne veux pas que nous nous engagions toi et moi dans ce type de règlement de compte. Sache cependant que je ressens trop bien la peine qui t'habite, et que parfois même j'en éprouve une certaine lourdeur. Qu'il est délicat de parler de ces choses sans que nous soyons face à face; il va bien falloir que nous nous rencontrions bientôt pour amorcer notre vieillesse comme tu le mentionnes, en profiter pour continuer à faire le ménage de ces restes de notre passé et explorer des avenues qui nous permettraient de renouveler d'une certaine manière notre lien, de continuer à le célébrer. Il me semble que nous aurions tout à y gagner.

Je voudrais que tu saches que je t'ai aimé dès notre première rencontre ici à Karnak, que je t'ai accueilli avec toute la tendresse dont j'étais capable à 26 ans. Que pour moi aussi, ces jours fondateurs de notre lien sont gravés dans ma mémoire. Et tu sais à quel point notre voyage à Bali il y a une vingtaine d'années a pu servir à consolider notre amitié, pour ne pas employer un autre mot. Quel gâchis ce serait de tout balancer dans la mer des oublis.

Après la lecture de ta lettre, j'ai été envahie d'un abattement généralisé qui m'empêchait de faire quoi que ce soit. Je me suis dirigée sans trop savoir pourquoi vers le site archéologique et j'ai lentement franchi les 3 km de l'allée des 40 Sphinx qui relie Karnak à Louxor : je n'arrêtais pas de penser à nous deux. Ce parcours s'est rapidement mué en une remontée dans le temps, un retour dans mon passé et dans notre histoire. Je me suis sentie vieille pour une des rares fois de ma vie, mais d'une vieillesse empreinte d'un début de sagesse. Il y avait, bien sûr, cette lourdeur associée au nombre des années et à ses effets sur le corps; d'autre part, je me sentais riche d'une certaine manière de toutes ces expériences que la vie m'a permis d'engranger. Pour tout dire, j'étais déchirée entre l'importance de notre relation et ~~à la fois~~ son côté éphémère quand on la mesure aux deux mille années qui ont été nécessaires à la construction de l'ancienne Thèbes dont mes pieds foulaient les ruines. Que sommes-nous dans le GRAND temps? Pourtant, notre relation me semblait soudain plus grande que la dimension temporelle, qu'elle traversait les époques malgré elle. Après tous ces siècles, Thèbes n'est pas morte avec ses quatre millions de visiteurs par an. La pharaonne Hatchepsout, la « première des premières » qui régna sur la région pendant plus de vingt ans continue d'inspirer 3 500 ans après sa momification des centaines de femmes qui décident de s'engager en acceptant de gouverner la destinée de tout un peuple. J'éprouvais la curieuse sensation que notre lien était à certains égards mythique, un peu à la manière du lien entre Isis et Osiris; j'ai de temps à autre l'impression que j'ai passé ma vie à tenter de remembrer ton corps éparpillé par un frère jaloux pour lui accorder la vie éternelle; combien de fois t'ai-je recousu à la manière d'Isis? Je t'ai réunifié pour te glorifier afin que tu redeviennes un époux revivifié qui serait le souverain éternel de la Douât, ce monde paradisiaque peuplé d'esprits immortels. De nos jours, on pourrait croire que la physique quantique me donne raison, que certains atomes sont liés parce qu'ils ont le même *spin* peu importe l'endroit où ils se trouvent dans le continuum espace-temps, tout ça à cause de la notion d'intrication entre certaines particules qui gouvernent le monde de l'infiniment petit. Tu tournes à gauche, je tourne à gauche; tu pars en mission, je pars en mission; tu penses à moi, je pense à toi. Tu dois me trouver un peu ridicule, n'est-ce pas?

Oh oui, comme j'aurais aimé te rejoindre à Erbil. Le versant est du Croissant fertile me manque depuis que je suis de retour en Égypte. Le Nil me rappelle sans cesse le Tigre et l'Euphrate, l'ancienne Babylone, tout ce qui touche à la Protohistoire juste avant que l'écriture n'apparaisse il y a environ 3 300 ans avec les premières civilisations historiques qui vont se consolider suite à la sédentarisation commencée au milieu du IXe siècle avant J.-C. Cette grande poussée civilisatrice (c'est fou ce que les mots peuvent parfois avoir comme contresens) n'est finalement pas un évènement si éloigné quand on le considère du point de vue de l'âge de la formation de la terre telle qu'on la connaît aujourd'hui. Tu aurais à coup sûr fait dériver les continents à partir de la Pangée et moi j'aurais sorti mon vieux calame pour tracer sur l'argile de nos cœurs quelques *coins*, ces premiers balbutiements de l'alphabet et des syllabes écrites. Nous aurions dessiné des pictogrammes et quelques hiéroglyphes dans nos journaux de voyage respectifs pour démontrer encore une fois comment ces images ont migré vers des symboles pour faciliter l'abstraction et traduire un monde devenu plus complexe avec un système où les permutations étaient plus nombreuses. Puis nous aurions dérapé, toi en faisant des croquis à tendance phallique, et moi en tentant de ramener la chose vers des représentations de la fertilité des femmes. Nous aurions ri à gorge déployée. Nous nous serions pris les mains. Et comme chaque fois, j'aurais été prise d'une folle envie de t'embrasser.

En terminant cette lettre, j'oserais formuler un vœu : que nous puissions poursuivre cette amorce de correspondance. Pourquoi? Parce que je crois, après toutes ces années à jouer avec les mots, à les décrypter, oui je crois avoir aussi compris leur pouvoir d'abréaction : en les verbalisant – ou les écrivant –, la réaction différée que cela produit nous permettra de revisiter les évènements difficiles que nous avons vécus au cours de *notre vie commune* et offrira à ces affects une voie d'expression propice à leur libération. Je souhaite nous libérer, voilà ce que je veux. Et peut-être envisager des projets pour le vieil âge qui approche, qui sait...

J'ose écrire que je t'aime, même si cela peut te paraître insensé.

Ta Raphaëlle.

4. Montréal, le 12 novembre 2013

Ma chère Raphaëlle,

De retour depuis une dizaine de jours. Montréal est sombre, humide et peu lumineuse en cette période de l'année. Je tourne en rond dans le condo du Vieux Montréal, cherchant dans mes lectures ou mes journaux de voyage un prétexte pour déguerpir. En errant sur le quai Jacques-Cartier et un peu plus loin sur les rives artificielles de la plage du quai de l'Horloge, déserte en ce mois des morts, c'est le vieux Boston qui ne cesse de revenir me hanter. Je ressens une vague envie de revoir le campus de Harvard, le désir de remarcher dans mes pas d'étudiant étranger qui peinait à trouver sa place dans ce haut lieu de la Ivy Ligue et qui considérait ses collègues, jeunes loups issus de familles ultra riches, comme des martiens. Et vice-versa. Malgré l'exigence de performance, j'ai aimé les trois années que j'y ai passé au Department of Earth & Planetary Sciences en vue de l'obtention de mon Ph.D. Tu peux facilement imaginer que je n'étais pas nécessairement invité à toutes les fêtes du Faculty Club, et ce pour deux raisons : je n'avais pas de paternel milliardaire et pas de Porsche; par conséquent, j'étais invisible aux yeux des filles.

Pourtant, c'est à Boston que je me suis forgé de solides amitiés, comme tu le sais. Brian Dupuis et moi étions devenus inséparables. Tu te souviens sûrement de lui : il étudiait la composition et l'improvisation jazz au New England Conservatory. Le soir, il jouait au Ryles Jazz Club non loin du campus sur Hampshire St. Nous nous sommes connus un soir où Bill Evans y jouait avec Eddy Gomez à la basse. J'ai oublié le nom du batteur, mais je me rappelle que nous étions assis à la même table et que nous avions entamé une conversation qui dure encore aujourd'hui. Evans avait joué ce soir-là une nouvelle composition qui portait le titre de *You Must Believe in Spring*, tout à fait mon genre. Il m'avait fallu attendre quatre longues années avant de pouvoir mettre la main sur le 33 tours qui a finalement été gravé en 1981, un an après son décès. En fait, j'en avais acheté deux exemplaires : un pour moi, et l'autre pour toi. L'as-tu encore? Le Ryles était mon refuge quand je voulais me remplir la tête d'ondes différentes de celles dont nous devions, mes collègues sismologues et moi, nous bourrer le crâne. Dupuis était originaire de Lewiston dans le Maine; fils d'un de ces milliers de francos qui avaient émigré en Nouvelle-Angleterre pour y trouver du travail dans les usines de textiles à la fin du XIXe siècle, il avait hérité du talent musical de son grand-père, un accordéoniste très en demande dans les fêtes de famille. Brian, comme tant d'autres, avait perdu son français. J'avais crié bravo à Evans, ce qui avait attiré la curiosité de Brian qui me demanda si j'étais Québécois. À partir de cet instant, il ne me lâcha pas d'une semelle. Nous passions tous nos vendredis soirs au Ryles; à l'occasion, il montait sur scène et se mettait au piano avec d'autres élèves du NEC : il avait du génie. Il en a toujours, même si ça veut dire pour lui de vivre encore aujourd'hui dans une valise entre deux croisières dans les Antilles, un jazz club de la Nouvelle-Orléans ou de San Francisco, et parfois même le Upstairs de Montréal. Brian était grand et svelte, plaisait énormément à la gent féminine et était fin causeur. C'est lui qui m'avait introduit à l'œuvre de Neruda, car il plaçait la poésie au-dessus de tous les arts, incluant la musique; il disait qu'elle représentait un état d'esprit, qu'elle était l'essence même de la création. Il vénérait Jack Kerouac et tous les membres de la Beat Generation. Il arrive parfois que l'on se donne encore rendez-vous au Ryles pour parler de Piazzolla ou de Nietzsche.

Je ne voulais pas t'entretenir de ça, mais la digression m'a emporté, effet de l'âge sûrement. Je voulais juste te dire que cette envie de retourner à Boston me ramène à toi, et plus précisément à ta visite improvisée au tout dernier moment durant la période des Fêtes de 1977. Tu avais acheté à la hâte un billet entre Londres et Boston, répondant en cela à une suggestion lancée négligemment par un sismologue en mal de tremblements lors d'un appel téléphonique de détresse : « Famille je te hais », m'avais-tu confié à l'approche du Nouvel An; tu voulais être n'importe où sur terre, sauf à Sherbrooke dans le bourbier de ton enfance avec tous ses fantômes d'une vie conjugale parentale tissée de mensonges et d'hypocrisie. J'imagine que le climat victorien qui régnait à Cambridge t'avait fait perdre quelques-unes de tes illusions concernant les relations de couple. J'étais allé te chercher à l'aéroport avec une douzaine de roses et nous avions passé le plus clair de ces vacances à faire l'amour et à écouter du jazz dans le grand grenier du 17 Fayette St où j'avais une chambre, sauf pour une ou deux sorties au Ryles. Sais-tu comment tu étais belle à cette époque? Tout le monde au Ryles tournait la tête quand tu entrais : ton abondante chevelure remontée en chignon dégageait ton cou si fin, tes yeux d'un bleu acier parlaient de profondeur, ta démarche élégante et légère créait de la fraîcheur : bref, tout chez toi faisait en sorte que les gars laissaient leurs blondes de côté l'espace d'un coup de vent et t'accompagnaient du regard jusqu'à notre table. Tout comme à Karnak l'été précédent, je me sentais privilégié de pouvoir être avec toi : de penser que j'allais dans une heure ou deux parcourir toute la surface de ton corps avec mon index me rendait complètement fou. Au matin de la première nuit, le soleil avait repoussé tous les nuages qui pouvaient assombrir mes insécurités, et nous étions allés marcher sur la Freedom Trail, ce parcours de 4 km qui permet, en suivant une ligne rouge au sol, de découvrir les principaux monuments et hauts lieux de la ville de Boston ayant pour thème la Révolution américaine. Nous devisions sur l'Amérique, son affranchissement de l'Angleterre et sur son esprit de Liberté qui avait poussé cette nation vers une évolution vertigineuse en seulement quelques siècles. Les États-Unis étaient la terre de tous les possibles. Bien sûr, on ne manquait pas de souligner le revers de ce gonflement du poitrail qui avait conduit à un impérialisme vorace, une sanglante guerre civile, une attitude belliqueuse, un certain Klu Klux Klan, un profond obscurantisme religieux et un mépris inquétant de tout ce qui était plus petit. Nous nous moquions, jeunes universitaires un peu hautains, de leur niveau de culture parfois très gênant, sans oublier le deuxième amendement qui faisaient d'eux des cowboys attardés.

Je t'avais aussi présenté Brian, que tu avais trouvé bien sexy. N'est-il pas par la suite allé te visiter à Cambridge? Tu ne m'en avais jamais parlé. Lui, si...

Voilà qui me ramène à ta dernière lettre. Enfin, diras-tu? Peut-être avais-je besoin de tout cet espace pour pouvoir aborder le sujet de notre relation, du voyage à Bali en 1993 et de la façon dont tu signais ladite lettre. Tu dis m'aimer, même si cela peut paraître insensé. Après Boston, il y a eu une bonne vingtaine de rencontres entre toi et moi, de trois jours à trois semaines parfois. Et à chaque fois, il y avait ces braises sur lesquelles nous ne soufflions qu'une seule fois pour que l'embasement soit total, effaçant toute trace de doute quant à la force et à l'unicité de notre lien. À chaque fois, nous vivions notre passion comme si nous nous devions d'y ajouter une autre page, comme si nous ne pouvions pas vraiment nous laisser plus de quelques mois, comme s'il y avait toujours quelque chose à poursuivre et à finir. Ce qui a compliqué les choses sans relâche, c'est aussi la profondeur de notre lien physique, comme si ce dernier constituait une glu dont la composition chimique et le mode d'emploi nous échappait, faisant de nous des siamois involontaires. Aussitôt mis en contact l'un avec l'autre, l'intense brûlure au ventre nous poussait dans les bras de l'autre. Oui, je dois bien l'avouer, tu m'a remembré et revivifié à bien des occasions, mon Isis adorée. Il a été long, très long le chemin qui m'a permis de retrouver une forme de paix face à toi. Et Bali fut certes un moment de grâce en ce sens. Baignés dans ce décor luxuriant où l'eau sacrée qui coule du mont Agung donne trois récoltes de riz aux habitants de l'île, emportés par la gentillesse de ce peuple pieux qui offre à ses dieux des offrandes quotidiennes qui sont de véritables œuvres d'art, immergés dans la beauté des rizières en terrasses où l'on pense être dans un tableau, étourdis par le gamelan de chaque village qui martèle que la terre est parfois un paradis, nous nous étions livrés à un rituel à nous seuls compréhensible. Nous nous étions écrit un mot chacun de notre côté pour tenter de dresser un semblant de bilan de notre relation. Nous devions nous dire ce qui chez l'autre nous poussait à l'aimer; j'avais évoqué ta douceur, ta voix, ta capacité d'écoute, ta compréhension du comportement humain en toutes circonstances. Ton intelligence aussi, sans parler de ta capacité à me faire rire en provoquant le clown qui sommeille en moi. Puis, il y avait tous ces pardons à demander, à recevoir. Comme nous avons pleuré en nous lisant nos mots respectifs. Nous nous étions promis une fidélité à toute épreuve; quoi qu'il puisse survenir dans nos vies, nous devions nous demeurer fidèles, du moins selon un modèle relativement ouvert. Or nous savions qu'il ne pouvait en être autrement, et ce jusqu'à la fin de nos vies. Lors de ce séjour béni, le pouvoir guérisseur des mots que tu évoques dans ta dernière lettre avait fait son œuvre. Tant de choses avaient enfin été libérées.

C'est à Bali que je t'avais offert un exemplaire de la Centaine d'amour de Neruda. Au hasard, tu étais tombée sur le sonnet # 44 et tu avais lu :

Sache que je ne t'aime pas et que je t'aime

Puisque double est la façon d'être de la vie

Puisque la parole est une aile de silence

Et que dans le feu il y a une moitié de froid

Moi je t'aime afin de commencer à t'aimer

Afin de pouvoir recommencer l'infini

Et pour que jamais je ne cesse de t'aimer

C'est pour cela que je ne t'aime pas encore…

Faut dire que ce genre d'exercice n'était pas une évidence pour deux caractères comme toi et moi. Échaudés par chacune de nos histoires familiales, la fuite a longtemps été notre spécialité : fuir la famille, fuir les relations, fuir les collègues en parcourant le monde, et surtout fuir nos maladresses réciproques. Ce qui fait que nous n'avons jamais pu vivre une relation « normale », une vie de famille « normale ». Au retour de ce voyage, nous avions pris la décision de nous installer en concubinage à Montréal et de vivre de contrats à la pige. Après seulement trois mois de cette vie commune, tu as regagné ton appartement de la rue Riverside à Cambridge, prétextant devoir entreprendre un post doc en sinologie pour t'ouvrir les importants marchés de l'Orient en pleine ébullition : « Une mise à niveau essentielle de nos jours! » Me suis retrouvé seul à nouveau, avec la même colère qu'à Karnak en 1976, et toi avec la même envie irrépressible de vivre TA vie à ta manière, sans avoir à supporter un pseudo philosophe, un archéologue des mondes enfouis de la psyché humaine; avec toutes leurs strates qui bougent et s'entrechoquent, ils ébranlent le plus grand des amours. Alors je me demande comment nous pourrions vieillir ensemble après tout ce qui s'est passé dans nos vies? Où et comment vivre la retraite, de quelle manière aborder le grand tournant? À quoi l'occuper? Quitterais-tu ton

Cambridge bucolique et tes contrats dans le Croissant fertile pour un ailleurs commun? Est-ce que je mettrais un terme à ma vie montréalaise avec tout ce qu'une grande métropole francophone peut me procurer de musique, de livres et de créativité? Vivrions-nous sous le même toit ou en simples bons voisins? Des colocs ou des amoureux du troisième âge? Survivrais-tu à un mois de cohabitation avec un moine en civil, et ce malgré son côté épicurien, son talent culinaire et son amour du jazz? Survivrais-je à la présence au quotidien d'une femme dans ma cuisine et dans ma salle de bain? Qui gagnerait la guerre du contrôle du budget, des horaires, des territoires? Pourrions-nous innover en concevant un modèle basé sur les immeubles intergénérationnels, mais sans l'intergénérationnel? Je n'aurais de cesse d'entendre ton credo woolfien d'une chambre à soi si nous partagions le même toit. Nous serons bientôt vieux, je te rappelle.

Voudras-tu me remembrer à la petite semaine les jours où je serai plongé dans les souvenirs plus sombres de notre lien? Saurais-je te retenir quand tu seras prise d'une rage de fuir pour quelques jours vers un ailleurs indécis? Le pouvoir d'abréaction que tu accordes aux mots sera-t-il suffisant pour nous aider à traverser une mer non cartographiée? Sommes-nous assez sages pour ça? Tu me le diras...

Ton Hadrien.

5. Cambridge, le 21 novembre 2013

Très cher Hadrien,

Ta lettre m'a…

*   *   *

Quatre heures plus tard.

J'arrive d'une longue promenade sans but dans les sentiers qui longent la rivière Cam ici à Cambridge. Tu vois, je n'ai pu écrire que quelques mots et je me suis mise à pleurer. J'avais besoin de prendre l'air. Malgré le fait que la plupart des plantes du Fellow's Garden soient en processus d'hivernation avancée, il reste que la platebande à l'anglaise avec son mur sec me rappelle étrangement nos promenades dans le jardin Jeanne-d'Arc à Québec. L'immense campus de la deuxième plus vieille université au monde est grand, très grand comme tu as déjà pu le voir. Et il regorge de jardins, de parcs et de pelouses qui sont encore vertes malgré novembre. Ce n'est pas seulement un haut lieu du savoir, mais aussi un endroit d'un romantisme consommé. C'est à la fois le lieu d'études de Newton et de Lord Byron, un espace pour la physique et un autre pour la poésie. Une ville en constante évolution depuis le treizième siècle, si bien que Darwin a dû s'y sentir à l'aise, avant qu'on ne le traite de singe. Aujourd'hui, les nombreux bateaux à rames qui glissent sur le fil de l'eau durant le printemps et l'été se font plus rares, les saules pleurent visiblement moins, les canards sont en exil quelque part dans le sud de l'Espagne, de la fumée s'échappe des péniches qui sont au repos au coeur de leur voyage immobile.

Je me rappelle ta visite ici en à l'été de 1980 lors de la remise des diplômes. Je me sentais comme Gabrielle Roy en train de louanger la campagne anglaise. J'étais si fière de pouvoir porter le titre de Ph. D. tout comme toi. J'étais si excitée de t'avoir à mes côtés pour ce grand jour. Comme nous étions beaux. Curieusement, je dois ce séjour à celui que je hais et j'aime à la fois, comme l'écrivait Catulle. Curieux aussi que tu m'aies rappelé dans ta dernière lettre le sonnet 44 de Neruda qui parle à peu près dans les mêmes termes de son amour naissant pour Mathilde :

...Moi je t'aime afin de commencer à t'aimer

Afin de pouvoir recommencer l'infini

Et pour que jamais je ne cesse de t'aimer

C'est pour cela que je ne t'aime pas encore...

Celui qui me scie en deux, tu le sais, c'est mon père. Combien de fois tu m'as placé en face de mes sentiments contradictoires envers cet industriel multi millionnaire, lui le fils d'un fermier de la Beauce : son élégance princière (il achetait toujours ses complets chez les Italiens de Montréal), sa grosse voiture, son charme, son humour, sa vivacité d'esprit, sa stature de grand mince, son esprit compétitif, absolument tout chez lui en faisait une figure paternelle idéale pour une jeune fille. Or l'adolescente romantique a vite déchanté quand elle s'est mise sérieusement aux lectures de Plath, Woolf et Simone de Beauvoir. Puis à disséquer la relation qu'il entretenait avec ma mère. Il était un mari infidèle à répétition, un être totalement narcissique, un macho incorrigible et un père absent. J'ai appris plus tard que j'avais probablement au moins une demi-sœur quelque part à la tête de l'une de ses filiales. Quand je t'ai rencontré, j'étais encore en plein dilemme : le condamner ou l'aduler ? À cause de lui, je suis devenue une enfant de mon siècle; cela voulait dire qu'un homme ne pouvait plus désormais me dire quoi faire de mon corps, en être le détenteur, dicter ma conduite, alors que lui pouvait s'envoyer en l'air à sa guise sans la moindre culpabilité.

Sache que je ne t'aime pas et que je t'aime…

Finalement, c'est ma mère qui a eu raison de moi quand elle a décidé de le mettre à la porte. Son courage et son affranchissement m'ont montré le chemin. C'est à cette époque de ma vie que j'ai pu commencer à aimer pour de bon. C'est à peu près à ce moment que tu es entré dans ma vie; cependant, une part de moi venait d'être inoculée contre la permanence d'une relation, contre la dépendance à un homme, contre l'idée de vivre sous le même toit de celui qui voudrait partager ma vie. C'était pour tester ma liberté nouvellement acquise et ses effets que j'avais décidé à Karnak de coucher avec mon collègue Henry et de te l'avouer par la suite. J'étais désormais une fille de Cambridge, une femme de carrière, une amazone, une Sapho, une Simone Veil. J'éprouvais une peur maladive de me lier à quelqu'un. J'étais méticuleuse, studieuse et à mon affaire. Réussir pour une femme exigeait le double du travail d'un homme. J'étais aussi très consciente de mon charme, mais méfiante de ses conséquences. J'avais organisé mon quotidien de façon hyper structurée : derrière ce bouclier, il y avait bien peu de place pour l'Autre.

Mais aussitôt que tu as quitté Karnak en 1976, mon corps m'a fait entrer dans un état de manque profond. Je sentais que j'avais probablement gâché quelque chose de très beau et de très important, car je m'apercevais que j'étais constamment habitée par toi, par ton corps, par ta pensée. Dès lors, j'ai su. J'ai su que toi et moi c'était pour la vie, malgré la forme que pourrait prendre notre relation. J'endosse complètement notre pacte de Bali, et je suis si heureuse de voir que tu en aies fait mention dans ta dernière lettre. J'y pense presque tous les jours!

J'ai aussi un autre secret à te confier: quand tu es venu à Cambridge à l'été de 1980, je t'avais caché le fait que je venais de me faire avorter le mois précédent. Une grossesse non désirée, fruit d'une nuit de festivités bien arrosées avec un collègue danois après la fin de la rédaction de ma thèse. C'est avec toi que j'aurais aimé être ce soir-là. Et puis tiens, tandis que je vide ma boîte à secrets, je voudrais aujourd'hui te dire que j'ai souvent fait coïncider mes visites à Boston ou Montréal avec mes périodes de fertilité : je voulais avoir un enfant de toi, avec toi. Hélas, après l'avortement à Cambridge, le gynéco m'a parlé trois ans plus tard d'endométriose au col de l'utérus à cause de la marque du stérilet que j'avais porté quelques années avant ce début de grossesse, un Dalkon Shield : des centaines de femmes qui se sont fait implanter ce machin sont devenues stériles dans les années 70 et début 80. Je faisais désormais partie des tristes statistiques de nos apprentis sorciers à la solde de grosses pharmaceutiques transnationales. C'est pourquoi j'étais un peu décontenancée lors de ta visite. Tout ça est remonté à la surface au moment de la lecture de ta dernière lettre; c'est dire le besoin urgent que j'avais d'aller prendre l'air tout à l'heure. Je revivais un deuil. Tu as dû sentir le malaise qui m'habitait chaque fois que nous avons abordé la question de la maternité : j'ai tout fait pour ne pas que le sujet se glisse dans nos conversations ou dans nos plans. Aujourd'hui, je prends toute la mesure de cette réflexion non complétée : la femme sans enfant que je suis n'a pas levé le voile qu'elle a déposé sur une part d'elle-même. De te le dire amorce un nouveau cycle chez moi, et j'imagine que le pouvoir guérisseur des mots va panser lentement ce trou béant qu'il y a en moi. Peut-être aussi que ce silence était pour moi une façon de te laisser le champ libre pour que tu puisses fonder une famille avec une autre femme... Nous en reparlerons, veux-tu?

À la fin de ta missive, tu te demandes comment nous pourrions vieillir ensemble après tout ce qui s'est passé dans nos vies? Moi aussi je me pose la même question. Il est désormais évident que je ne pourrai pas vivre encore longtemps sous une tente dans un désert en tentant de faire parler la pierre ou l'argile. Nos mots me suffisent largement ces temps-ci, et je crois que nous n'avons pas fini de les déchiffrer... Curieusement, le Canada semble m'interpeller pour cette nouvelle phase de ma vie. Je n'ai pas d'idée précise, mais s'il y avait la mer toute proche, il me semble que l'horizon donnerait à voir loin. Will you still need me when I'm sixty four? Ça, c'est l'an prochain pour moi!

Ta vieille Raphaëlle.

6. Port-Royal, le 6 décembre 2013

Ma Raphaëlle bien-aimée,

Le solstice approche à grandes enjambées. Il compresse les jours pour en faire des personnages des lilliputiens à qui il ampute en plus ce qu'il leur reste de jambes. Le ciel s'est rapproché de la terre et pose sur elle sa chape de plomb. Quand quatre heures sonnent (façon de parler de nos jours alors que les horloges se sont tues depuis des décennies pour n'afficher que des chiffres qui ont perdu tout ce qu'il leur restait de référence à un ordre cyclique), c'est déjà le crépuscule. Les ours comme moi sont terrés dans des anfractuosités où il ne faut pas les déranger. Les ciels sont gris et roses ici dans les Maritimes, avec des taches bleu pâle parsemées çà et là, et ils s'étirent à perte de vue sur des kilomètres au-dessus d'un horizon au relief bas. Ça sent le varech et la nostalgie à plein nez. Est-ce cela vieillir : voir l'infini, faire un avec le paysage, vivre des jours trop courts et des nuits trop longues, trop froides? Mare Nostrum de Paolo Fresu, ce magnifique CD qui égrène ses notes à l'arrière-plan, semble le confirmer. Il va neiger cette nuit. Tout va devenir blanc. Pourtant, assis devant la baie vitrée de cette maison que j'ai louée non loin de Port-Royal en Nouvelle-Écosse, je me sens rassasié. J'en ai plein la vue, autant lorsque je regarde au loin que lorsque mes yeux se tournent vers l'intérieur, vers cette réserve sans fond des si nombreux souvenirs de ma vie, à peine enfouis qu'ils sont au cœur des mécanismes complexes de la mémoire. Je suis plein de toi, plein de mon fils. Je suis plein de ma filiation à de lointains ancêtres qui ont trouvé ici à Port-Royal un lieu à peu près sûr pour hiverner à l'automne de 1605 en compagnie des Micmacs qui leur enseigneront trop tard à traverser la saison froide sans mourir du scorbut : plus de la moitié des colons mourront. Je te rappelle le bâtard que je suis, moi qui suis le descendant du croisement de Pierre Dugua de Mons, ce noble français accompagné d'un jeune explorateur nommé Samuel de Champlain, et d'une belle sauvagesse locale. Oui LE Pierre Dugua, Lieutenant général en Amérique septentrionale de par sa nomination royale par Henri IV. Il était venu fonder le comptoir de Tadoussac en 1599, il était revenu en 1604 et rêvait d'établir une colonie française sur le nouveau continent pour y faire le commerce des fourrures. Il y reviendra un an plus tard et s'installera ici, lui qui n'avait pas eu d'enfant avec Judith Chesnel, son épouse européenne, elle aussi issue de la noblesse française. Je suis donc le descendant unique dudit Pierre Dugua, ce qui fait de mon ancêtre le père de l'un des premiers sangs mêlés de la Nouvelle-France. Peux-tu imaginer un seul instant comment j'aime me gargariser du fait que j'ai à la fois du sang bleu et une peau rouge? La quête des origines nous entraîne parfois dans de drôles de sentiers. Après le départ de Pierre Dugua pour l'Europe l'année suivante, ses frères autochtones appelleront tout simplement le bâtard Dugua à cause de son teint pâle, de sa pilosité abondante et de son sens du commerce; il est un ersatz dans ce monde de peuplades éparpillées sur des millions de kilomètres, mais il s'intègre à sa bande et il est autant aimé qu'il les aime. Sa descendance sera nombreuse.

Si je suis ici, on pourrait croire que c'est à cause de mon ancêtre, et pas mal aussi de mes frères Micmacs, mais il n'en est rien : au fond de moi, je suis ici à cause de toi. Parce qu'inconsciemment, et trop consciemment depuis la lecture de ta dernière lettre où tu laisses entendre que *le Canada semble m'interpeller pour cette nouvelle phase de ma vie. Je n'ai pas d'idée précise, mais s'il y avait la mer toute proche, il me semble que l'horizon donnerait à voir loin*, je m'essaie à ma nouvelle vie de retraité. Ta lettre du 16 septembre dernier semble avoir initié un nouveau cycle de correspondance entre nous, qui rappelle d'autres cycles passés où nous avions pris la plume, mais surtout cette lettre soulignait mon 65e anniversaire (tu n'as pas honte de jouer avec les sentiments d'un être cher, de faire preuve d'âgisme à son égard???), celui où techniquement, selon les termes diffus et changeants de nos sociétés occidentales modernes, je devenais un retraité. Tu as bien lu, je parle de moi comme d'un futur retraité. Je dis futur, car je ne m'y habitue pas. En réalité, je lutte très fort contre cette image que l'on voudrait modeler sur la personne inclassable que je suis. J'ai toujours été un rebelle et un anarchiste. Un anachronisme aussi! Reste que je tâte le pouls de cette terre ancestrale; j'ai choisi cette maison comme une sorte d'exercice préparatoire, un repérage dans un lieu où «*la mer toute proche* » nous donnerait « *à voir loin* ».

Je suis aussi ici pour sentir comment celui qui habite ces contrées tranquilles et éloignées de la métropole peut survivre au solstice d'hiver. Est-il porteur d'espoir? Annonce-t-il le retour de la lumière? Ou prédispose-t-il à ouvrir la porte et à marcher dans la blancheur infinie jusqu'à s'y perdre à tout jamais? Me revient alors une lecture de jeunesse.

Vois, cette branche est rude, elle est noire, et la nue

Verse la pluie à flots sur son écorce nue ;

Mais attends que l'hiver s'en aille, et tu vas voir

Une feuille percer ces noeuds si durs pour elle,

Et tu demanderas comment un bourgeon frêle

Peut, si tendre et si vert, jaillir de ce bois noir.

Combien de printemps me reste-t-il à faire jaillir un bourgeon frêle du bois noir de mon âme? Vais-je atteindre l'âge vénérable des 83 berges de Victor Hugo? Je te connais, et malgré la lecture quelque peu distrayante de mes origines lointaines, tu as certainement sourcillé quand tu as lu « plein de mon fils » il y a quelques lignes. M'étais-je égaré, t'es-tu demandé? J'y arrive... Il semble que nous ayons encore bien des secrets à nous partager l'un et l'autre avant de voir loin ensemble. Regarderons-nous dans la même direction?

Alors, oui j'ai un fils. Et tiens-toi bien, il a 40 ans et je suis grand-père! Deux fois plutôt qu'une. La petite famille vit à Cape Cop, à Wood's Hole plus précisément, là où les traversiers partent en direction de Martha's Vineyard et de Nantucket. Seras-tu surprise de savoir qu'il fait partie de ceux qui scrutent la profondeur des choses, comme toi et moi? Il travaille à la Wood's Hole Oceanographic Institution; ils sont 200 Ph. D. au département de biologie marine qui scrutent les mers, surtout les rivages, et ce partout à travers la planète. Un jour de printemps il y a quatre ans, tous les secrets que cachait sa mère dans le garde-robe des choses non dites ont abouti à la porte de mon condo à Montréal. Quand j'ai ouvert, un jeune adulte fin trentaine à tout simplement dit: « Hi, my name is Paul-Hadrien Marshall, I'm the son of Carla Marshall. J'ai appris il y a deux semaines que vous étiez mon père.» J'ai figé. Je l'ai dévisagé un long moment et, comme un coup de poing, le doux visage de Carla Marshall m'est apparu. Les larmes me sont venues lentement. Même front, même bouche que moi. Même chevelure blonde que sa mère. Et même regard qui traverse la peau. Je lui ai fait signe d'entrer. J'ai cru remarquer qu'il avait lui aussi les yeux mouillés. Sans dire un mot, il a franchi le seuil. Nous savons trop bien toi et moi, ma chère Raphaëlle, combien les seuils nous font passer du monde des mortels à un monde sacralisé, chargé de sens. Il n'y a pas eu de paroles échangées pendant une bonne dizaine de minutes. Tandis qu'il arpentait lentement l'appartement, visiblement à la recherche d'un indice qui le concernait, je me suis rendu dans le garde-manger et j'en ai extrait un Pomerol Château de Sales 1975 sans trop savoir pourquoi. Je gardais cette bouteille pour une grande occasion, et voici qu'elle se présentait à moi à l'improviste. J'ai tiré le bouchon, carafé le liquide onctueux : quelques bulles se sont formées à la surface et une lointaine odeur minérale s'est échappée au-dessus du nectar couleur rubis. J'ai attendu quelques minutes avant de le verser dans des coupes fines. Paul-Hadrien a tâté trois ou quatre livres dans la bibliothèque, a feuilleté un vieil exemplaire de ma thèse, a pris dans ses mains quelques cadres, les a regardés, puis, comme il ne trouvait aucun signe de sa présence dans ma vie, il s'est rendu à la fenêtre et a contemplé Mont-Royal.

- Paul, here, for you, it's a great wine. The bottle didn't know it, but it was waiting for you.

Il a ri. J'ai senti qu'il était familier avec cette forme d'humour. D'un geste de la main, je l'ai invité à s'asseoir sur le canapé en face de mon fauteuil de lecture. Nous avons trinqué sans rien dire, en nous épiant comme deux vieilles connaissances qui ne se seraient pas revues depuis un siècle.

- Vous pouvez me parler en français, je le parle couramment, laissa tomber Paul. J'ai fait un très long stage au Centre océanologique de Nouméa en Nouvelle-Calédonie pendant mon doctorat. Ma mère avait insisté : « Il faut que tu ailles là-bas et que tu apprennes le français. Un jour, cela te sera utile… » Aujourd'hui, je sais pourquoi. Elle voulait qu'un jour je puisse échanger avec mon père dans sa langue.

- À ta santé, mon fils.

Ces mots sonnaient bizarres, vu la situation. Nous ne savions pas comment amorcer cette improbable conversation. Tout d'abord, nous avons prolongé le silence déjà bien installé. Nos âmes se scrutaient. Nos gènes faisaient du va-et-vient dans ces espaces intimes que les physiciens quantiques appellent l'intrication. Je sentais qu'il passait en revue tous les mensonges qui lui avaient été racontés depuis sa naissance. Il voyait bien que j'ignorais tout de son existence. Bien sûr, entre deux gorgées, j'ai moi aussi rembobiné le temps, situé la place de Carla Marshall dans ma vie : cette fille naturelle, américaine typique avec un large sourire, athlétique, optimiste à souhait, volontaire et délurée, avait été durant toute une année à Harvard celle que notre professeur de la tectonique des plaques avait jumelée à moi pour le long travail de fin de session. Probablement avait-il fait ce choix pour me sortir de ma coquille. Un jour de 1974, il y a eu frottement, la terre s'était mise à trembler, les plaques s'étaient touchées; quelques fortes secousses et quelques répliques avaient suivi, et il y avait eu quelques irruptions. Le nuage de cendres avait vite été contenu sous les draps. Nous étions de formidables amis et avions un plaisir fou à travailler ensemble. Mais nous savions tous deux que le temps n'était pas à la fusion de nos continents : « les études d'abord », disait-elle dans son pragmatisme sudiste. Nous n'avons plus jamais évoqué notre aventure durant les semaines qu'il restait à la session, même si nous étions très près l'un de l'autre. Quelle ne fut pas ma surprise de ne pas la retrouver à la faculté à l'automne suivant. Elle m'avait envoyé une carte postale pour me dire qu'elle avait décroché un poste de recherche au Oceanographic Center de la Nova Southeastern University en Floride. Elle disait vouloir se rapprocher de ses parents et faire des travaux dans des mers plus chaudes. Je l'ai revue une dizaine d'années plus tard lors d'un congrès à la Hawaï Pacific University : elle m'a salué très chaleureusement, ajoutant qu'elle enseignait ici désormais. Ce fut notre dernier contact; c'était en mars de 1988. Jamais elle n'a fait allusion à la présence d'un fils dans sa vie, autant dans nos deux lettres de l'époque que lors de ce congrès. Paul-Hadrien et moi avons finalement recousu ce mince fil d'Ariane et ses dédales alors que je préparais des pâtes au pesto avec une salade de mozzarella di Buffala, basilic, vinaigre balsamique vieilli et tomates cerises. J'ai raconté simplement ce que je savais, comment j'avais rencontré sa mère, comment nous nous étions perdus de vue ou presque, mais jamais un mot de sa mère à propos de son existence.

Chère Raphaëlle, comment devient-on père et grand-père à 61 ans, même après une bouteille de Pomerol? Paul-Hadrien et moi avons convenu de passer les quatre prochains jours ensemble; j'ai dû forcer la note pour lui faire accepter de séjourner dans « ta » chambre et de laisser aller les choses. Après le lunch, nous avons décidé de nous rendre au Belvédère sur le Mont-Royal pour admirer le centre-ville, le fleuve et les Montérégiennes au loin. Il a parlé de la mer de Champlain qui recouvrait toute cette immense plaine il y a une dizaine de milliers d'années, et moi des deux kilomètres de glace qui recouvraient il y a quelques heures à peine mon cœur et mon lien avec l'étranger qu'il était. À vrai dire, peu de mots ont encore une fois été échangés. Par contre, il était clair au fur et à mesure que les heures passaient que nous avions de très nombreux traits de caractère en commun. Il avait hérité de moi ce tempérament intérieur et secret. Pourtant, je distinguais çà et là la légèreté et la beauté naturelle de sa mère. Ce garçon me plaisait. Un peu plus tard en soirée, après une déambulation sans but précis dans le Vieux-Montréal, nous nous sommes attablés chez Gandhi, un resto indien de la rue Saint-Paul, pour savourer un poulet au beurre et siroter une Newcastle. Il m'a beaucoup parlé de ses enfants avec, deux garçons de 11 et 8 ans, dont un semble-t-il est mon portait tout craché. Je lui ai dit d'attendre les tests d'ADN pour le rassurer, car s'il était vraiment mon petit-fils, il ne serait pas de tout repos, et je ne voulais pas être accusé d'avoir transmis de si mauvais gènes.

Rentrés au condo, il y avait dans l'air une agitation palpable chez nous deux. Et passablement de maladresse. Je ne connaissais pas les gestes de la paternité et lui ne connaissait pas ceux du fils, surtout d'un fils qui retrouve son père après tant d'années de secret et de quête d'identité; cette quête avait été ravalée à cause d'une mère qui l'avait tenu dans le doute: j'étais sensément mort dans un très lointain pays des suites d'une infection incurable. Il n'avait jamais cru cette histoire inventée par sa mère. Voilà que depuis quelques jours, et après des années d'interrogatoire serré qu'il avait fait subir à une mère exaspérée, il avait enfin réussi à lui faire avouer mon existence et connaissait désormais les évènements de Harvard, suivis de la fuite de sa mère évangéliste, incapable de gérer son écart de jeunesse. Je lui ai raconté de larges pans de ma vie, et surtout de ma relation très particulière avec toi, de Karnak, de Cambridge, de Bali, et quoi encore. Je lui ai lu ta dernière lettre pour qu'il sache dans quel pétrin il venait de se foutre. Était-il prêt à voir son père en compagnie de cette paléographe au sein coupé pour mieux décocher ses flèches? Il a trouvé curieuse ton infertilité, et a osé faire un lien surprenant entre ta situation et ma paternité cachée. Il a surtout été ému par les mots doux que l'on semble s'échanger et a salué la profondeur du lien si particulier qui nous unit. Je lui ai promis de te présenter à toi un jour prochain. Il m'a avoué que le fait de ne pas avoir eu de père - sa mère ne s'est jamais mariée ou eu de compagnon stable par la suite - lui avait manqué à plusieurs moments de sa vie. Il a même esquissé le désir que toi et moi puissions devenir sa « famille adoptive ». Voudrais-tu devenir la belle-mère de mon fils ? Cette histoire est un peu rocambolesque, n'est-ce pas ?

À la fin de la soirée, nous sentions tous deux que cette journée avait été très chargée; la fatigue générée par ces retrouvailles inattendues, et tous les constats qui venaient avec, nous avaient abattus. Je lui ai proposé d'aller se rafraîchir sous la douche et de dormir paisiblement ici, dans cette maison qui était désormais la sienne aussi. Nous nous sommes levés ensemble et, très maladroitement, nous nous sommes retrouvés enlacés. Des gloussements ont fini par émerger des bas fonds, et ça semblait ne pas vouloir s'arrêter. Après quelques minutes, ses genoux ont plié, et je me suis rassis dans la bergère, lui à mes pieds, sa tête sur mes cuisses : je l'ai flatté comme un père sécurise un fils, j'imagine. Peu après, il s'est levé, m'a serré très fort les mains et a disparu dans la salle de bains. Quand tant d'années de quête identitaire trouvent enfin leur résolution, une énorme masse de sentiments abandonne le corps.

Il a entrouvert la porte de SA chambre et nous nous sommes souhaités bonne nuit.

À la blague, je lui ai lancé qu'il pouvait laisser la lampe de chevet ouverte. Il a ri et a fermé la porte.

J'ai rêvé à une chaloupe sur un lac calme avec nous deux comme passagers; la truite était abondante.

*   *   *

Le lendemain.

Tout est blanc, immaculé ce matin. La lumière qui vient à la fois d'en haut et d'en bas, reflétée par la neige neuve, est aveuglante. C'est un entre deux mondes ici en Nouvelle-Écosse. Cet écran géant est le lieu de toutes les projections. Et il semble que le sombre, l'enfoui, le désespéré, le courroux et la laideur n'ont pas de place dans ce tableau d'un monde transfiguré. Je suis debout devant la grande baie vitrée et mes pensées sont légères comme ces cristaux qui volettent au gré de faibles bourrasques. Le feu du poêle à bois craque les derniers glaçons de mon cœur. L'odeur du café fait le reste. Je reprends la plume pour me rapprocher de toi, ma si belle.

Paul-Hadrien, au sortir de sa retraite de quatre jours, a repris le chemin de Cape Cod avec promesses de retour avec la famille et des invitations à venir rejoindre la bande en été pour la baignade, les feux de grève, les palourdes, et les jeux de toutes sortes avec les enfants. Il est convaincu que son épouse April sera mon nouveau mois favori.

Depuis lors, un nouvel ordre s'est installé dans ma vie, ponctué par mes visites à Wood's Hole et des sorties père-fils ici à Montréal. Paul-Hadrien rayonne de bonheur aux dires de April, comme si nos retrouvailles l'avaient allégé du trop long accablement généré par le manque, le silence, le mensonge et les recherches dans tous les sens pour remonter un arbre généalogique sans racines et sans branches. Il a même fait récemment la découverte d'une nouvelle espèce de poisson lors de fouilles dans le delta de l'Orénoque!

Ce nouvel ordre, je voudrais désormais ne plus t'en exclure. Si j'ai tant tardé à te faire part de cette nouvelle si importante, c'est qu'au fond de moi je craignais que cela brise quelque chose entre nous. Je ne voulais pas te laisser sur l'impression que tu passais en deuxième, et surtout je ne voulais pas raviver le souvenir douloureux de ton avortement et encore moins brasser les bas-fonds des eaux troubles de ton infertilité. Tu vas être grand-mère. Au bord de la mer... Ici, comme à Cape Cod!

Cela dit, malgré quatre années de rencontres de toutes sortes, je dois bien avouer que je ne me sens pas encore tout à fait père et grand-père, moi qui ai trop longtemps été une sorte d'ermite : je n'ai pas encore su comment intégrer complètement ces sentiments. Comment le pourrais-je alors que je n'ai même pas saisi tout à fait ce qu'est notre couple, si couple il y a. Je n'ai aucune idée de ce qu'est une vie de famille normale. J'ai appris à aimer ce fils improbable, ces garçons si pleins de vie, cette April accueillante, mais il y a en moi cette terrible hantise que tout cela puisse s'arrêter sur un coup de tête, un peu à la manière de certaines de nos tentatives de rapprochement. J'ai vécu quarante années sans le savoir de toute façon. Je dois admettre que je suis lentement devenu une sorte de grincheux, ce qui suscite une série de questionnements concernant une éventuelle vie commune pour la retraite : tu as si souvent saboté plusieurs de nos projets, tu as maintes fois fait avorter des plans de cohabitation au stade précoce de la discussion. Qu'y a-t-il en toi qui résiste tant? As-tu peur? Et si tu as peur, de quoi s'agit-il? Serait-ce l'image du couple parental inacceptable à tes yeux que formaient tes parents comme tu me l'as si souvent dit? J'ai beau caresser l'idée de finir mes jours ici au bord de la mer en ta compagnie, cette terrible hantise se terre juste derrière la ligne d'horizon que je contemple en ce moment. Tu viendrais rajeunir ce bois noir, tu serais là pour goûter mes petits plats, tu m'arrêterais lorsque je m'emporte à propos d'un sujet d'actualité où l'injustice est flagrante, tu serais assise en silence devant l'éternité de la baie de Fundy et j'en serais rempli de joie... tant de plaisirs simples et si profonds comme ceux que nous avons si souvent partagés. Pourtant, je serais constamment tourmenté par la crainte que tu partes un bon matin, me laissant encore plus seul.

Jusqu'à quand aurais-je encore peur? La peur

qui condamne tout mouvement avant même qu'il ne s'élance. La peur qui désertifie. La peur qui change les cœurs en pierre. Quand je pense précisément à la roche sous mes pieds, je me demande pourquoi effectivement j'aurais peur. L'âge de pierre. L'âge d'une seule pierre... L'été dernier, j'ai de nouveau frappé du marteau et du ciseau les falaises de Miguasha dans la Baie des Chaleurs en Gaspésie avec l'un de mes petits-fils : ont jailli entre deux strates quelques fossiles de poissons très anciens. Je lui disais qu'ici, dans ce cimetière des heures, vivaient il y a 380 millions d'années des poissons comme celui que nous venions de faire jaillir du silence des siècles; ces poissons avaient alors amorcé une lente migration de la mer vers la terre. Que ce voyage avait duré des millénaires. Comment, tout enfant que nous sommes devant cette durée qui se compte à une autre horloge, peut-on laisser la peur nous fossiliser? Qu'auront l'air nos amours dans 380 millions d'années? Aurons-nous migré toi et moi vers d'autres espaces, d'autres dimensions? Vivrons-nous sur un autre mégacontinent comme celui de l'Euramérique qui a pris forme à cette époque lointaine? Aurais-je encore des bras pour te serrer contre moi? Qu'il en faut de l'énergie pour faire fondre une seule pierre. Pour lui donner la forme d'un quotidien à réinventer sans direction précise et y croire. Malgré notre histoire, ou plus justement à cause de notre histoire et de tout l'amour que j'éprouve pour toi, je voudrais que tu saches que je suis prêt à marquer ce prochain Noël d'une pierre blanche; sans être un exercice du vivre en couple pour la première fois de notre vie, nous pourrions y vivre des moments comme seuls nous savons le faire. Je sens déjà l'odeur de ta chevelure, le toucher de ta main si fine sur mon épaule, ta tête penchée dans la lecture d'un roman, ce regard qui me fait toujours trembler lorsque tu lèves les yeux vers moi. Nous pourrions passer quelques jours seuls avant que la famille ne vienne fêter le Nouvel An. Et notre séjour pourrait s'allonger durant quelques semaines après les Rois.

Mais attends que l'hiver s'en aille, et tu vas voir...

Et tu demanderas comment un bourgeon frêle

Peut, si tendre et si vert, jaillir de ce bois noir.

Viens me rejoindre, là où je suis.

Ton Hadrien.

7. Cambridge, le 14 janvier 2014

Cher Hadrien,

Je n'ai pas pu. Cela exigeait trop de moi. Comme tu as dû être déçu en recevant mon bref courriel juste avant Noël (comme je hais les courriels pour annoncer des choses qui prennent des heures, sinon des vies à comprendre). Évidemment, l'idée n'était pas de te décevoir; je ne voulais pas non plus créer chez toi des attentes que je ne pourrai jamais combler. Tu vois, je suis somme toute la championne du sabotage. Pour me préserver, je me suis obligée à être raisonnable, raisonnable à en pleurer, car bien que je chérisse souvent ma solitude, elle me pèse aussitôt que je pense à toi. « L'eau s'apprend par la soif », écrivait la poétesse Emily Dickinson; j'envie sa capacité à résumer en un haïku si simple la complexité du lien qui m'unit à toi.

À la seule idée de te retrouver, j'ai éprouvé une peur morbide qui m'a cloîtrée dans la maison de Cambridge. J'ai d'abord eu peur de ta colère, cette colère enfouie que tu sembles porter en toi quand tu évoques mes agissements passés, même si ta délicatesse semble dire le contraire. Ou peut-être tout cela parle-t-il davantage de la peur que j'éprouve face à moi-même, face à mon côté Amazone, offensif et plein de bravoure en apparence, mais c'est là l'effet du masque derrière lequel je cache ma vulnérabilité. Tous les escrimeurs le diront, le masque leur donne la permission de tuer virtuellement l'adversaire, leur autorise tous les coups bas, au détriment de leur élégance et de leur image de gentleman : ce n'est pas moi, c'est l'Autre en moi qui te passe au fil de la lame, et cet autre n'est pas tout à fait moi.

J'ai aussi reculé devant une telle bouchée à avaler puisque rencontrer ce fils qui m'était tout à fait inconnu il y a si peu de temps et passer des journées entières avec lui aurait sûrement eu des effets néfastes : me rappeler d'abord que je n'ai pas pu être mère dans cette vie, surtout la mère de ton enfant, et peut-être qu'il n'y aurait pas eu de véritable rencontre entre lui et moi. J'ai entrevu l'espace d'un éclair tout ce que cet exercice pouvait avoir de potentiellement lourd et inconfortable, pour ne pas dire hasardeux dans une maison située dans un endroit si isolé, et en plein hiver de surcroît. Je le dis sachant que le contraire aurait pu se produire et que cet être à ton image aurait pu prendre une place unique dans ma vie.

Pour ajouter à ce sentiment de me voir gavée de situations stressantes sans mon consentement, il y avait en plus tes deux petits-enfants et ta bru. Ouf, beaucoup de monde à apprivoiser en quelques heures. Après la lecture de ta lettre, et ton invitation à venir « me rejoindre, là où je suis », je me suis assise dans mon grand fauteuil en sentant une certaine oppression au niveau de la cage thoracique. Je me suis dit que je ne pouvais prendre un tel risque. Pas maintenant. Pas là. Pas de cette manière.

Quelques heures plus tard, la plus grande des peurs s'est mise à danser devant ma fenêtre : ce fantôme dans sa pavane semblait vouloir m'enfermer dans la prison de la solitude, un peu à la manière de la vie secrète et isolée qu'a menée Emily Dickinson. Malgré cet enfermement, une force plus grande qu'elle l'a poussé à écrire des vers très touchants:

Que c'est bon - d'être en vie !

Que c'est infini - d'être en vie

Doublement - par ma naissance -

Et par celle-ci - de plus - en Toi !

Jamais je ne pourrais supporter de vivre sans avoir de rapports avec toi. Même si le retrait du monde de madame Dickinson a donné presque 2000 poèmes d'une infinie délicatesse, œuvres qui n'ont pu être portées à l'attention du monde qu'après sa mort tant le sens de l'abnégation était fort chez elle, moi je ne veux pas me retirer de ta vie : j'aurai toujours soif de toi, mon cher Hadrien. Virginia Woolf disait, à l'instar de Dickinson, qu'elle ne croyait pas « à la valeur des existences séparées. Aucun de nous n'est complet en lui seul. »

Je trouve la psyché humaine si complexe. Et bien cruel le destin qui nous tire trop souvent à hue et à dia dans sa manière de nous dérober le sens de nos comportements inconscients. Suis-je ce que je suis parce que j'ai toujours voulu prouver à mon père que je pouvais être une femme qui refusait le modèle qui était le sien? Parce que je savais qu'il mentait ou tout du moins qu'il était dans le déni d'une part obscure de lui-même? Déni enrobé des plus beaux atours. Parce que j'ai toujours voulu tracer mon propre chemin dans la vie afin d'échapper à tout jamais aux manipulations d'hommes comme lui? Est-ce que cet affranchissement passait par l'indépendance sexuelle, en assumant le pouvoir qui venait avec, contrairement à ma mère qui a été trop longtemps prisonnière de ce modèle fallacieux? Dans mon cas, oui, la sexualité libératrice des années 70 a été pour moi un passage obligé. Mais avec le temps, j'ai compris que ce n'était pas tant à travers la séduction que je pouvais m'affranchir, mais bien par la profondeur et la sincérité de mes sentiments.

En ce sens, les mots m'ont grandement aidée. Je dirais même qu'ils m'ont sauvé la vie. Décrypter les stèles a été et est encore une manière de me familiariser avec le sens profond des choses. Apprendre à nommer les choses m'a permis de me libérer d'elles. Ce sont les mots qui m'ont souvent guérie. Et c'est avec les mots que j'ai pu aider plusieurs personnes dans ma vie. Avec toi, les mots et l'écriture ont pris un tout autre sens à travers nos cycles de correspondance; ce rituel entre nous, j'en avais besoin. J'en ai toujours besoin. Il m'a toujours fallu honorer ce rapport entre nous deux; je suis convaincue que nos lettres nous ont permis d'atteindre des dimensions insoupçonnées dans notre relation. Sans l'écriture, je n'aurais jamais pu analyser mes gestes impulsifs ou inconscients ; sans elle, prendre du recul pour me voir de l'extérieur aurait été tout simplement impossible. Woolf disait: « J'ai besoin de solitude, j'ai besoin d'espace; j'ai besoin d'air. J'ai si peu d'énergie. J'ai besoin d'être entourée de champs nus, de sentir mes jambes arpenter les routes; besoin de sommeil et d'une vie toute animale. » Elle ajoutait que ce qui comptait vraiment dans la vie, c'était de se libérer soi-même. Tout comme Woolf et Dickinson, nous avons tous deux eu besoin de ce monde intérieur, un monde qui nous permettait de créer, de ciseler le beau, de tisser un lien privilégié avec la nature, avec la durée, de goûter la musique, la rosée, de partager des sentiments nobles.

Hadrien, lis ce que Dickinson a écrit sur l'amour, notre amour :

Parfois avec le cœur

Peu souvent avec l'âme

Plus rarement avec force

Peu - aiment vraiment

Malgré mes peurs, malgré mes égarements, malgré toutes mes contradictions, je suis de celles qui sont capables d'aimer vraiment, et la personne que je chéris le plus au monde, c'est toi. Je sais aujourd'hui qu'il n'y a pas de relation idéale, que les croyances et les mythes entourant l'amour-passion ne sont que des histoires. Nous devons avoir ce regard bienveillant envers nous-mêmes, envers nos erreurs, nos regrets, notre culpabilité et même notre honte. Nous pouvons encore ouvrir la porte des possibles et éveiller les forces qui nous habitent afin de boire à la source de la confiance, de l'imagination et de la joie. L'amour ne demande qu'à éclore. Le plus grand danger est de rester prisonnier de nos peurs chacun de notre côté et de vieillir dans l'amertume.

Miron, dis-le-lui à ce têtu d'Hadrien :

Je marche à toi, je titube à toi, je meurs de toi

Lentement je m'affale de tout mon long dans l'âme...

Je veux bien aller à Port-Royal, mais avec toi seul d'abord, pour que nous puissions aborder ensemble et dans la paix une route inexplorée.

Trouverons-nous enfin le chemin qui mène à nous?

Ta Raphaëlle

8. Grand-Pré, le 16 février 2014

Bien-aimée,

Je le savais.

Je savais que tu ne viendrais pas, même si j'ai forcé un peu la note, probablement de manière trop insistante. Je me doutais bien que plus la pression se ferait grande, plus tu reculerais. Je m'en veux encore une fois d'avoir précipité des choses qui prennent du temps à s'enraciner. Je savais que j'en éprouverais du désarroi, et j'ai eu mal, crois-moi. Déguisé en Père-Noël pour remettre les cadeaux aux petits-enfants rassemblés dans la belle maison de Grand-Pré, je pleurais sous la fausse barbe et les grosses lunettes. Les larmes me sont venues parce que j'aurais tant aimé te présenter ton cadeau, notre cadeau.

Je regardais le paysage du grand bassin des Mines devant moi, le décor et la grande baie ayant pour arrière-plan l'imposante falaise ocre du parc Blomidon au nord-ouest. Le cap qui domine l'ensemble me fait penser à un grand train qui aurait arrêté sa course devant la baie pour la contempler à tout jamais. Champlain avait baptisé le promontoire Cap Poutrincourt. Poutrincourt accompagnait mon ancêtre Dugua et Champlain lors de leur voyage de 1604. Les Anglais, après avoir chassé les Acadiens des lieux en 1755, ont donné au lieu une série d'autres noms par la suite, pour finalement arrêter leur choix sur Blomidon en 1959. Peut-être qu'un jour je créerai un mouvement pour lui redonner son vrai nom, tout Quichotte que je suis depuis l'adolescence.

À l'approche des fêtes, plus précisément le 21 décembre, pour loger la famille de Paul-Hadrien et éventuellement t'accueillir, j'ai acheté une maison à Grand-Pré, le village historique situé à quelques dizaines de kilomètres au nord de Port-Royal et où quelques-uns de mes ancêtres avaient migré au début du XVIIe siècle. Ce sera notre maison. Elle est ancienne, mais entièrement rénovée, avec une nouvelle aile complètement vitrée qui donne sur le bassin et le soleil couchant, comme tu le souhaitais. Ce fut le coup de foudre. Je savais que ce serait notre lieu. Sans aucun doute. J'ai négocié serré et payé un prix juste à un Américain dont les ancêtres étaient venus s'installer ici après le Grand dérangement. Les New England Planters ont immigré ici à l'invitation du gouverneur de la Nouvelle-Écosse naissante ; évidemment, ils se sont approprié les terres restées vacantes après la Déportation. Entre 1759 et 1768, pas moins de huit mille de ces Planters, surtout des fermiers et des pêcheurs, s'établirent surtout dans les riches terres agricoles du bassin des Mines et de la vallée d'Annapolis.

Faut dire que ce fut un cadeau exceptionnel pour ces Planters : en effet, les colons venus de Port-Royal ont rapidement développé la région à partir de 1700 et étaient plus de 1 350 habitants au moment des tristes évènements. Les fermiers acadiens avaient asséché les marais côtiers à l'aide de digues munies d'aboiteaux pour pouvoir en cultiver la terre fertile. Bien-aimée, laisse-moi te raconter comment mes ancêtres étaient débrouillards. Pour leur permettre de cultiver des terres gagnées sur la mer, ils ont construit des espèces de digues dont le principe est simple : l'aboiteau **empêche** la mer d'envahir les terres à marée haute, mais aussi d'évacuer à marée basse les eaux d'écoulement provenant de la pluie et de la fonte des neiges. De cette façon, ils débarrassaient les terres récupérées de leur sel. Ces conduits d'évacuation étaient munis d'un clapet mobile se fermant automatiquement à marée haute et s'ouvrant à marée basse. La technique leur venait de leurs propres ancêtres du Poitevin en France. Imagine l'Acadie des temps anciens, très chère : **les lieux étaient** presque entièrement recouverts par la forêt ; mais les terres arrachées à la forêt ont toujours donné un rendement agricole médiocre. Les Acadiens se rabattirent sur les terres près des rivages, souvent des marais salés quotidiennement soumis au flux et au reflux. Grâce aux aboiteaux, ces surfaces devenaient presque aussitôt des pâturages, puis plus tard des champs de culture. Mes aïeux possédaient des terres dont le rendement est estimé à cinq fois celui d'une terre défrichée sur la forêt. Pas étonnant dans les circonstances que la région se couvrit d'une quantité importante d'aboiteaux qui sont devenus un symbole de leur savoir-faire. On les appela alors les « défricheurs d'eau ».

Mais les tristes évènements du 5 septembre 1755 me rappellent que ma misanthropie n'est jamais bien loin... Vers trois heures de l'après-midi ce jour-là, le gouverneur Lawrence ordonna à tous les hommes et garçons de plus de 10 ans, soit un peu plus de 400 personnes, de s'amasser dans l'église. Une fois entrés, les portes se sont refermées sur eux et on leur a lu l'ordre de déportation. Selon l'arrivée des bateaux, la déportation s'échelonne du 8 octobre au 20 décembre ; 2 200 personnes sont alors envoyées vers plusieurs états côtiers des États-Unis. Évidemment, pour éviter que les Acadiens ne reviennent, on a rapidement mis en œuvre la politique de la terre brûlée : le gouvernement néo-écossais ordonne de brûler les champs et les maisons.

Malgré la désolation qui se profile en filigrane derrière ce paysage, tu verras, mon aimée, comme cette maison a une sacrée gueule; je t'y vois partout quand je mange, quand je suis assis pour lire, quand je laisse mon regard se perdre dans la pente douce de ces terres arrachées à la mer. Parfois je me retourne et tu es là debout avec ton châle sur les épaules, ta beauté rivalisant avec ce beau pays enfin retrouvé; je vois tes yeux et ils sont chargés de tant d'expériences d'une vie riche, de voyages, de découvertes, de compréhension et d'épreuves, ce qui donne à ton regard une profondeur qui ouvre toutes grandes les portes de mon cœur.

La vue exceptionnelle qu'il y a ici de même que la page d'histoire qui est inscrite dans chaque pré devant les fenêtres ont fait craquer l'UNESCO : en 2012, l'organisme a inscrit l'endroit dans son registre de lieux patrimoniaux mondiaux. Il a reconnu la valeur universelle exceptionnelle du site pour l'humanité tout entière; il a même parlé du caractère inestimable de Grand-Pré *pour les générations actuelles et futures de l'ensemble de l'humanité, sans égard aux frontières nationales.* Et moi, quand je frappe du poing chacun des murs de la maison, comme on cogne à une porte, ce vieux bois équarri à la hache me récite une page du grand poème épique de Longfellow où Évangéline parcourt la terre à la recherche de son Gabriel bien-aimé après la déportation. Ce n'est pas tout : devant la petite Église-souvenir à Grand-Pré, il y a un bronze d'Évangéline. Elle te ressemble! Quand même curieux : ce sont les Anglais qui ont déporté les Acadiens, et ce sont eux qui ont été touchés un siècle plus tard par la légende du couple éploré... Ils reviennent ici en pèlerinage, et en grand nombre ma foi, à cause d'un poète qui s'est approprié une de nos plus touchantes histoires.

Comme tu seras bien ici. Et heureuse je l'espère. Quand viendras-tu? Fais vite, je me meurs de toi. Je crois avoir fait la paix avec cette colère sourde dont tu fais mention. La scène du pardon, nous l'avons tant de fois rejouée. La suture tient le coup. Or je dois te l'avouer, je suis toujours sans moyen quand je te regarde : ta beauté exerce un tel magnétisme. Comment composes-tu avec ce cadeau qui peut sembler une injustice pour tant d'autres femmes? La beauté est-elle uniquement due au hasard, elle qui peut conduire à la perdition et à la folie? Tous ces regards posés sur toi, mélangeant fascination et haine, fascination devant quelque chose d'intangible et qui émeut, et haine parce que tous ne peuvent la toucher, la posséder. Comment as-tu fait pour survivre aux envies de tant d'hommes qui ont malgré eux voulu faire de toi une conquête, te marquer, s'approprier de toi sans qu'ils puissent clairement identifier pourquoi? Et surtout, comment as-tu survécu au rejet qui suit la possession, quand la vierge souillée devient fatalement la putain? N'as-tu pu aimer que ceux qui ont réussi à voir au-delà de l'icône? N'as-tu pas, sans toujours le savoir, recherché que les âmes blessées afin de t'assurer qu'elles aimeraient ta propre âme blessée? Sais-tu seulement comment tu es encore plus belle aujourd'hui? Tu es enfin arrivée à toi-même ces dernières années; je sens une paix qui émane de toi, et ça te rend plus désirable que jamais à mes yeux.

Quant à moi, ces longues journées en solitaire

ici au fond de la baie de Fundy me transforment au quotidien. Je relis Épicure, me contente de peu. Je médite souvent. J'ai hâte de faire revivre le potager et les plates-bandes que j'ai vus sur les photos de l'agent immobilier. J'ai hâte au printemps pour recommencer à prendre de longues marches le long de la grève, entendre les bernaches qui reviennent en cacardant de joie (c'est leur grand tintamarre à elles pour réaffirmer qu'elles existent), voir les grands hérons coloniser les baies peu profondes à la recherche d'alevins, suivre la course des pluviers qui vont et viennent au fil des vagues qui se brisent, voir des formes surgir des bois de grève, ramasser et soupeser la nature et les couleurs des roches, regarder le vent s'amuser à dessiner des larges ondulations sur les foins salés dans les marais, regarder le cap Blomidon au loin se couvrir de rouge au soleil levant, pister la direction, la formation et la transformation des nuages. Quand on est seul comme ça dans une grande maison au bord de la mer, que les journées rallongent avec l'équinoxe qui s'en vient, on a l'impression que chaque jour en vaut deux! La vie ne rétrécit pas ici, contrairement à ce qu'en pensent les chantres de la vitalité des grandes métropoles, elle s'élargit.

On ne meurt pas d'ennui ici, on meurt de trop de beauté.

Fouillant les symptômes de ma calligraphie,

Tu découvres dans le sable du cahier

Les lettres égarées qui ont cherché ta bouche.

   (Neruda, sonnet # 36)

Fais vite, oui fais vite : je me meurs de toi.

Ton Hadrien

9. Cambridge, le 22 mai 2014

Mon Hadrien,

Comme j'ai aimé me présenter chez toi sans m'annoncer. Le temps d'un voyage, je suis redevenue une jeune amoureuse, enfiévrée à l'idée de surprendre son amant avec une simple boîte de chocolats, un single malt et l'indispensable branche d'olivier épinglée sur le revers de ma veste. Durant toute la durée du vol entre Heathrow et Boston, j'ai été saisie d'une sorte de transe en forme d'élan amoureux : tout en moi était bras ouverts, jambes tremblantes, yeux émerveillés. Je ne pouvais pas empêcher mon regard de contempler les longs cirrostratus qui s'effilochaient à quelques kilomètres sous moi et de m'y perdre dans une rêverie au cours de laquelle des moments heureux de notre histoire défilaient lentement. Pas un mot n'est sorti de ma bouche durant les sept heures du vol. Quand j'ai enfin vu la côte de la Nouvelle-Angleterre et reconnu Cape Cod, des larmes ont coulé et coulé encore, lentement, sans bruit. Quelque chose de dur en moi fondait, se pacifiait.

Fin d'après-midi, durant la correspondance

Boston/Halifax, je n'en pouvais plus : j'avais si hâte de prendre possession de la voiture de location et de filer vers le couchant à vive allure pour prendre le repas du soir avec toi. Je savais que tu mangeais à la chandelle chaque soir, même si tu étais seul, et que probablement il y avait une morue fraîche dans le poêlon avec des morilles au beurre doux, avec une bouteille de sauvignon dans le seau à glace. Quand le GPS de la voiture m'a fait prendre le dernier virage, mon rythme cardiaque s'est emballé; je sentais mes joues rougir et mes mains étaient moites. Le soleil se couchait sur la baie en pavoisant et les parcelles cultivées qui traçaient dans toutes les directions des carrés aux teintes variées m'ont paru totalement en harmonie avec la vallée : un grand apaisement m'enrobait. La maison était là, telle que tu me l'avais décrite, posée dans le décor avec grâce, ouverte sur l'infini, et j'ai tout de suite su que j'étais enfin arrivée chez moi. Enfin!

Les phares de l'auto t'avaient surpris entre deux bouchées et t'avaient forcé à te lever, à aller vers la porte. Quand tu avais ouvert et que tu avais vu cette silhouette avec le nez pointant vers le large, tu avais tout de suite compris que ta Raphaëlle rentrait d'un trop long voyage. Malgré la fraîcheur de cette soirée d'avril, tu avais marché lentement vers moi pour m'envelopper par derrière avec tes grands bras et me bercer doucement. Et moi j'ai laissé ma tête basculer dans le creux de ton épaule. Le poids de deux vies venait de s'envoler avec le dernier goéland qui s'en allait se poser au large pour la nuit dans le bassin des Mines. Jamais je n'avais ressenti un tel allègement, une telle paix.

Et puis, il y a eu cette odeur de champignons qui avait serpenté jusqu'à nous : en remarquant mes narines qui humaient le fond de l'air, tu avais dit ce que je savais depuis des lustres : « Des morilles... Et puis, il reste un filet de morue. Je te sers un verre de sauvignon ? » Puis tu m'avais embrassé dans le cou en tassant délicatement mon écharpe avec ton index. Comme je n'avais rien mangé du trajet, je t'avais supplié de me laisser partager ton repas, le plus grand des réconforts pour moi : tu m'as toujours nourri comme une enfant. Mon maigre sac de voyage rentré, nous nous étions rapidement attablés comme des ados en pleine croissance; nous étions si énervés, si enthousiastes, si empressés à nous raconter les choses somme toute assez banales qui avaient meublé nos derniers mois que nos conversations empiétaient les unes sur les autres : trop de choses à nous dire. J'émettais des petits sons de satisfaction à chaque bouchée de morue et tu souriais de contentement. Comme c'était facile d'être avec toi. Après le repas, tu avais préparé un feu dans la belle cheminée de pierres de ton séjour. Assis dans la causeuse, nous avions ravivé les flammes de notre lien en sirotant le single malt, si bien que je m'étais endormie dans tes bras, rêvant bien avant de fermer les yeux.

*   *   *

Le début du mois d'avril est si beau dans les Maritimes. Comme j'ai aimé durant ces trois semaines nos promenades dans ce paysage unique au monde. Pas étonnant que l'UNESCO ait vu ce que tu avais compris il y a plusieurs décennies. Et heureusement que j'avais droit à une sabbatique cette année.

Hadrien, j'ai été profondément heureuse durant ce séjour; jamais je n'aurais pensé que j'en étais rendue là. Il m'a fallu un bon 15 jours avant de me mettre au rythme de la vie en Nouvelle-Écosse. Normal j'imagine, après toutes ces années de production intellectuelle, de pression pour la progression dans le rang, les publications savantes à produire à une cadence soutenue, la mise à niveau des cours, les longs séjours sur des sites de fouilles archéologiques ou plus simplement l'entretien de la maison. Comme il est facile d'accepter de vivre à une allure effrénée, de créer pour soi une accoutumance à l'adrénaline, de s'y perdre complètement au point de ne plus imaginer sa vie autrement. Il m'en a fallu des levers et des couchers de soleil qui prennent tout le temps qu'il leur faut pour créer des tableaux mouvants : en me perdant dans leur danses, j'ai pu sentir au jour le jour la douceur de vivre s'infiltrer dans mes fibres. Est-ce que je viens d'écrire *la douceur de vivre*? Serais-je affectée par les séquelles d'une insolation, la griserie du vent du large, le pas lent de nos randonnées à pied, le retour aux sources en arpentant avec toi le site de Port-Royal? Serait-il terminé pour moi le temps du conformisme du Royaume-Uni et ses *Good morning* vides de sentiments? Est-ce que le glas des heures scandé de façon obsédante par les tours de la cathédrale se serait tu? En aurais-je soupé de ces 17 000 étudiants tous prêts à s'entretuer pour une place au soleil sur cette planète? Non, ce n'est pas moi qui parle. Quel philtre m'as-tu fait boire, Hadrien Duguas?

J'ai été heureuse à Grand-Pré. Heureuse de sentir que les heures pouvaient durer plus de soixante minutes, qu'il y avait encore de l'espace pour imaginer entre mes synapses, que je ne rêvais pas en me rappelant les rêves de la nuit précédente. Les courbes adoucies du paysage de la baie ont eu sur moi l'effet de la main d'un chef qui dirige le chœur à bouche fermée de l'acte II de l'opéra Madame Butterfly : une sorte de caresse infiniment douce qui me murmurait des choses jamais entendues. J'ai adoré ces heures de silence entre nous alors que tu souriais en lisant les pages de ce petit roman si magnifiquement écrites par Grégoire Delacourt qui raconte une improbable rencontre entre un garagiste français et Scarlett Johansson, tandis que moi je me fortifiais en lisant l'histoire de cette esclave noire plus grande que nature qu'est Amanita, mise en scène de façon grandiose par Laurence Hill, et dont les derniers chapitres se passent ici en Nouvelle-Écosse.

J'ai retrouvé la paix, cette même paix que j'avais ressentie lors de notre *voyage du pardon* sur la côte Ouest canadienne au printemps de 2002. Nous avions senti le besoin de passer du temps ensemble uniquement pour poser un baume sur nos plaies passées, de tout remettre en place. Le point fort de cette grande escapade fut certainement notre visite de Cathedral Grove sur l'île de Vancouver. En embrassant les sapins de Douglas géants, vieux de 800 ans, nous avions ressenti ô combien récente et fragile était la présence de l'homme sur terre. Cette forêt enchantée, pleine d'une sagesse d'un autre temps, nous avait rappelé qu'il y avait eu cinq grandes extinctions massives sur la planète à ce jour, et qu'il y en aurait certes d'autres, comme c'est le cas présentement avec les 30 000 à 40 000 espèces qui disparaissent chaque année. Pour en rajouter, la terre avait tremblé légèrement pendant que nous étions adossé à un de ces colosses, ce qui t'avait fait dire que la faille de la chaîne des Cascades toute proche allait bien se secouer un jour et que le Big One allait niveler nos prétentions. Nous nous étions remémorés nos apprentissages de jeunesse, à savoir les trois Pangées : ces supers continents se seraient défaits et refaits à au moins trois reprises depuis l'apparition des océans sur terre. J'avais ajouté que certains de tes collègues prévoyaient la Pangée ultime, la formation à venir dans 250 millions d'années d'un autre super continent qui aurait pour nom l'Amasie! Et toi tu avais conclu en te levant que tout ce qui se trouvait sous tes pas était en mouvement, que l'apparente solidité de la terre et de ses frontières n'était qu'une vue de l'esprit des superstitieux puisque les continents flottent sur le magma et se déplacent comme d'immenses plaques de glace sur la mer. Notre conclusion avait été que l'humanité n'était qu'une nanoseconde dans l'histoire de la planète. Ce qui impliquait que j'avais dû me résoudre à accepter que les civilisations meurent, que leurs constructions, notamment l'écriture moderne, allait retourner à la pierre comme les hiéroglyphes des Égyptiens. Cela voulait dire, entre autres, qu'un jour nos cycles de correspondance allaient aussi avoir une fin, et cette perspective m'avait foutu le cafard.

Tout cela étant dit, je voulais aussi t'annoncer une grande nouvelle : ma décision a été prise dans l'avion qui me ramenait à Londres : je déménage avec toi! Oui oui, tu as bien lu. Je reviendrai aussitôt que je le pourrai puisque le processus de vente de la maison de la rue Riverside progresse à la vitesse grand V : une troisième visite d'un jeune couple dont le mari enseigne déjà à Cambridge est au programme ce soir. Je sais déjà que l'affaire est conclue. Je viens de rajeunir de 10 ans. Mais surtout, je sens pour la première fois que notre histoire arrive enfin à son inévitable aboutissement, celui qui devait avoir lieu, celui qui a trop tardé à se concrétiser. Dans moins d'un mois, nos regards croisés embrasseront Grand-Pré en fleurs.

J'attendais une lettre de toi ces jours-ci. Que se passe-t-il? Trop de bleu dans tes yeux? Trop de printemps à saisir dans tes mains? J'attendrai ta lettre avec la même impatience qu'il y a une quarantaine d'années.

Avec tout mon amour,

Ta Raphaëlle.

Ps. : j'ai adoré faire l'amour avec toi. Merci du respect que tu portes à mon corps vieillissant. Je t'aime!

10. Port-Royal, le 14 juin 2014

Chère Raphaëlle,

Comme vous pouvez le constater, la calligraphie de cette lettre n'est pas celle de mon père. Bien que l'enveloppe et le papier soient toujours ceux que vous aviez l'habitude de recevoir de lui depuis des décennies, c'est moi, Paul-Hadrien, son fils, qui répond à votre dernier envoi... Vous vous doutez déjà, à la lecture de cette introduction malhabile de ma part, que je m'apprête à vous faire l'annonce d'une nouvelle plutôt dévastatrice. J'ai voulu le faire par lettre, respectant en cela un rituel qui vous était cher; vu les circonstances, un appel froid et informatif aurait été une façon bien irrespectueuse de vous laisser savoir qu'il nous a quitté subitement la semaine dernière. Je me suis dit, considérant le rythme qui était le vôtre, que quelques jours de décalage avant que la nouvelle ne vous parvienne sur le vieux continent ne changeraient rien au choc que la nouvelle provoquerait.

Bien que cela ne diminuera pas d'un iota la douleur que j'imagine vôtre, je tiens à vous dire qu'il a été retrouvé assis sur une chaise devant sa maison, face à la baie des Mines, les yeux ouverts sur l'infini de cette vue si unique. Le voisin qui venait régulièrement lui apporter des œufs frais de son poulailler a été celui qui l'a trouvé dans cette paisible position. La GRC, en faisant défiler les numéros programmés sur son téléphone, ont vu *Fils/Paul-Hadrien* et sont entrés en communication avec moi : inutile de vous dire que cet appel impersonnel et convenu a provoqué chez moi une onde de choc. Après leur avoir dit que je me rendrais dès le lendemain en Nouvelle-Écosse, je me suis effondré en larmes; bien que je le connaissais depuis peu, ma peine est immense, surtout que je me dis que nous avions maintenant tout le loisir de rattraper le temps perdu afin de faire plus ample connaissance. J'ai compris que le destin en faisait à sa guise comme toujours, sans égards pour les histoires inachevées. Et j'ai immédiatement pensé à vous : il parlait de votre relation comme de la chose la plus précieuse dans sa vie. J'ai donc sauté dans le premier avion au départ de Boston à destination d'Halifax pour les constats d'usage, mais surtout pour amorcer le processus du deuil et vous aviser dans les meilleurs délais.

L'autopsie pratiquée à ma demande sur sa dépouille a révélé une rupture d'anévrisme intracérébral avec hémorragie massive. Le pathologiste m'a assuré que la mort a été rapide : ce constat aura-t-il une incidence sur notre douleur? Probablement pas...

Voilà donc une dizaine de jours que je suis ici à tenter de recoller les morceaux d'une vie dont la plus grande part m'a échappé à cause du secret qu'a entretenu ma mère à propos de mon géniteur. De nombreuses heures de silence et de flânerie dans la maison m'ont permis de commencer à saisir toute l'ampleur de cette perte, d'autant plus que je me suis retrouvé avec ses affaires dont il fallait que je m'occupe. La lecture du testament s'est fait devant un notaire local : peu de choses, sinon qu'il vous lègue la maison ici et les économies qu'il avait mises de côté pour la retraite, sous réserve des objets que je voudrais bien garder pour moi. Je dois cependant vous avouer ici une indiscrétion qui s'est révélée être un apprentissage majeur pour moi : j'ai lu toutes les lettres échangées entre vous et lui depuis 1976! Ce qui au départ se voulait une façon de m'approprier mon père est rapidement devenue une sorte de long pèlerinage dans la vie large et riche de cet homme profondément amoureux d'une femme, vous. Toutes ces heures passées à lire votre correspondance m'a vivement touché et probablement transformé à jamais. Il y a là tant de respect, d'admiration, d'amour, de poésie, de compréhension et d'acceptation de l'autre, d'humanité somme toute, que je ne pouvais me soustraire à cet exercice tant que je n'étais pas rendu à la fin de cette histoire inimaginable pour moi. Comme je suis peiné de ne pas avoir eu le privilège de vous avoir rencontrée à Noël l'an dernier. Et comme je serai heureux de vous recevoir ici prochainement dans votre maison pour la cérémonie des cendres souhaitée par votre amoureux: il a clairement spécifié que s'il mourait, il voulait que vous et moi répandions ses cendres ici dans la baie des Mines, lieu choisi par ses ancêtres pour amorcer la colonisation du Nouveau Monde. Je vous attendrai donc dans la douceur apaisante de ce paysage adoré et dans la sérénité qui s'installe dans mon âme.

Avant de terminer cette lettre, je ne peux pas passer sous silence le fait que j'ai trouvé sur sa table de chevet LA CENTAINE D'AMOUR de Pablo Neruda : le livre était ouvert et retourné à la page suivante (sonnet # 94):

Si je meurs, survis-moi par tant de force pure.

Que sois mis en fureur le froid et le livide,

Du nord au sud lève tes yeux indélébiles,

De l'est à l'ouest que joue ta bouche de guitare.

Je ne veux pas que ton rire et tes pas soient hésitants,

Je ne veux pas que meure mon testament de joie,

N'appelle pas mon cœur, car je ne suis pas là.

Vis en mon absence comme dans une maison.

C'est une maison tellement grande l'absence

Qu'en elle je te vois traverser les murs

Et suspendre les cadres dans le vide.

C'est une maison si transparente l'absence

Que moi, privé de vie, je te vois pourtant vivre.

Et si tu souffres, amour, je mourrai à nouveau.

    Venez vivre ici, Raphaëlle, cette maison et cette terre vous attendent.

    Affectueusement,

    Paul-Hadrien.

11. Grand-Pré, le 28 août 2014

Cher Paul-Hadrien,

L'été est une bénédiction ici dans ce coin de pays tranquille et inspirant. Le jardin que votre père avait commencé à concevoir et à planter est devenu ma principale occupation. À l'approche de l'automne, le sédum s'apprête à me donner son abondante floraison; les miscanthus, avec leurs ports altiers et leurs inflorescences spectaculaires donnent du mouvement à l'ensemble ; un rosier grimpant aux fleurs jaunes dégageant un parfum vanillé enivrant semble vouloir défier le temps. C'est sans sans parler des cierges d'argent aux solides tiges qui structurent harmonieusement l'espace : ils m'offriront leurs généreuses et très odoriférantes hampes florales bien après les premières gelées. Les courbes imaginées par Hadrien pour accueillir les hortensias, les liatrides et autres heuchères, l'équilibre dans la disposition des plants – couleurs, hauteurs, succession des floraisons –, tout dans ce petit jardin appelle à une méditation au quotidien. J'y passe des heures paisibles qui me remplissent complètement.

La maison, avec son aile moderne aérée qui

donne sur le changement des tonalités de la lumière au fil de chacune des heures de chacun des jours, est à sa place; la cuisine est conçue pour ceux qui aiment la chimie des goûts et la créativité sans fin que nous proposent les aliments; le coin de lecture est un livre ouvert sur un monde en constant renouvellement, sans oublier la cheminée qui m'hypnotise chaque soir avant le coucher. Cette demeure est accueillante avec ses chambres grandes et lumineuses; une amie est venue y passer six jours la semaine dernière pour m'aider à créer un aménagement qui me ressemblera davantage et elle avait peine à quitter les lieux.

Il y a donc ici de la place pour vous, votre femme et les enfants. Je souhaite de tout mon cœur qu'elle devienne pour vous tous un lieu où nous pourrons nous retrouver plusieurs fois dans l'année. Je n'ai pas envie de me refermer ici comme une gazanie parce qu'il manque un peu de soleil dans ma vie. Je serai comblée de voir grandir ces deux gamins de printemps en printemps.

Je voulais vous remercier pour votre accueil lors des cérémonies entourant la mort d'Hadrien. Ma douleur immense ne pourra jamais se dissiper complètement; cela est impossible après une vie commune si riche, bien que nullement conventionnelle. Ma rencontre avec l'être charmant et cultivé que vous êtes n'a pas été sans me rappeler votre père tant aimé, et cela m'a procuré un grand repos intérieur. Cette virée au large de Port-Royal dans la baie de Fundy à bord du bateau d'un pêcheur local avait de quoi me rappeler les pages du poète grec Pausanias dans lesquelles la barque de Charon, le psychopompe, fait passer les âmes vers l'autre monde. Outre l'aspect du vieillard qui selon la légende était revêche, sale et peu conciliant, tout comme notre capitaine, son inflexibilité à faire payer ceux qui voulaient avoir recours à ses services pour traverser les dépouilles des morts de l'autre côté du Styx était bien connue; nous n'y avons pas échappé non plus avec une facture salée, ce qui m'a fait sourire. Même si ce rituel importait peu au capitaine, la traversée de la passe de Digby vers le large nous a fait passer vous et moi du monde terrestre vers le Nouveau Monde de votre père. Là, nous avons répandu ses cendres pour qu'elles montent et descendent à tout jamais au gré des grandes marées de la baie. Le capitaine a été contraint de laisser dériver son embarcation deux heures durant, le temps que nous puissions nous laisser imprégner de tous les souvenirs d'Hadrien qui nous étaient chers.

J'ai apprécié que nous ayons pu faire cela ensemble, et que vous n'ayez pas laissé le décorum vous empêcher de me prendre dans vos bras tout du long de ce voyage en me berçant au gré des vagues. Ce moment restera gravé en moi à jamais. Pour honorer notre homme, nous savons désormais que nous n'aurons qu'à laisser nos regards se perdre dans ces eaux au gré de nos marées intérieures.

Parfois, je voudrais m'en prendre au destin qui semble si cruel, si insensible aux sentiments des humains, si imperturbable face aux histoires de chacune de nos vies. Il a pour mission de faucher, et le balayage lent et incessant de sa grande faux tranche bien des fils qui ont tendance à nous faire croire à l'importance inaliénable de nos destinées. Parfois, ce sont les regrets qui me tyrannisent, tous ces gestes anodins qui font que nos parcours sont truffés de rendez-vous manqués, et qu'une fois l'inéluctable arrivé, nous ne puissions revenir en arrière pour réécrire nos vies. Nous serons tous deux en manque de cet être si charmant, si généreux, vous à cause du silence de votre mère, et moi à cause de tout ce que vous avez pu lire dans notre correspondance de la dernière année.

Les mots disent des choses d'une autre époque, parlent de tant d'histoires passées. Aujourd'hui, au bout de ma plume, les mots tremblent : plus rien n'est stable, solide, prévisible. De possibles dérives jettent leur ombre sur le chemin qui reste à parcourir. Les mots rapprochent aussi, brisent les murs, recomposent des vies. Je formule le souhait, cher Paul-Hadrien, que nous puissions vous et moi entretenir une correspondance épisodique. Nous lui devons peut-être tout simplement ça. Pour l'honorer. Pour dire tout l'amour que nous lui portons. Ou uniquement pour saluer chaque nouveau jour comme une fête qui nous entraîne dans un état d'étonnement qui nous laisse pantois.

Avec toute mon affection,

Raphaëlle.

Made in the USA
Charleston, SC
27 October 2014